L'Armure et la Couronne

1

Dessin TEAM IYAK
Œuvre originale G.M

L'Armure et la Couronne

L'armure et la couronne

Sommaire

L'Armure et la Couronne

Prologue

L'Armure et la Couronne

L'armure et la couronne

SPLASH
GLOIRE À ACRÉA !
SPLASH
GLOIRE À L'EMPEREUR LUXOS !
SPLASH
GLOIRE À SA MAJESTÉ !
HOURRA
FWIP
BOM

SPLASH

LE JOUR OÙ ACRÉA CONQUIT LE CONTINENT...

ENFIN...
L'EMPEREUR RÉALISA...

QU'IL
ÉTAIT TOMBÉ
AMOUREUX.

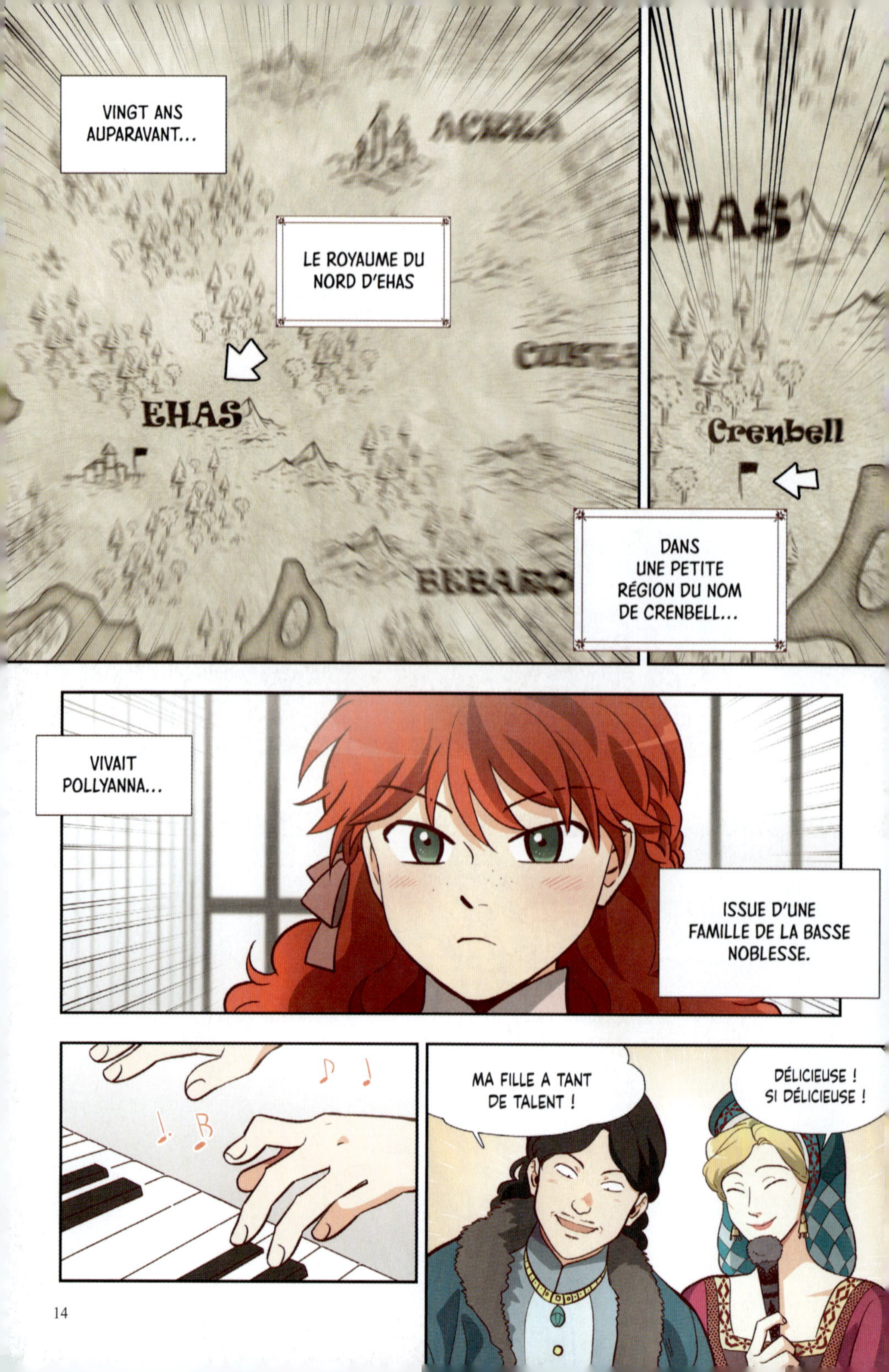
VINGT ANS AUPARAVANT…
ACHLA
LE ROYAUME DU NORD D'EHAS
EHAS
EHAS
Crenbell
DANS UNE PETITE RÉGION DU NOM DE CRENBELL…
VIVAIT POLLYANNA…
ISSUE D'UNE FAMILLE DE LA BASSE NOBLESSE.
MA FILLE A TANT DE TALENT !
DÉLICIEUSE ! SI DÉLICIEUSE !

NOTRE RYANNA EST UNE SI JOLIE FILLE, SI DOUÉE AU PIANO, ET ELLE A DE SI BONNES MANIÈRES, EN PLUS !
PÈRE...
TOUT À FAIT !
PÈRE !
RAAAH
QUOI ?!

TAP
VOUS M'AVEZ FAIT DEMANDER.
AH, OUI !
TU TOMBES BIEN.
GRAP
VIENS AVEC MOI.
WOUSH

EHAS ÉTAIT EN GUERRE DEPUIS LONGTEMPS AVEC UN ROYAUME VOISIN...
FLAP
CLANC
AFIN DE SOUTENIR L'EFFORT DE GUERRE, CHAQUE FAMILLE NOBLE DEVAIT ENVOYER UN REPRÉSENTANT POUR COMBATTRE EN SON NOM.
MALGRÉ SON JEUNE ÂGE, POLLYANNA SAVAIT CELA.
ELLE SAVAIT ÉGALEMENT QU'UNE RUMEUR COURAIT PARMI LES DOMESTIQUES...
HMPF
SELON LAQUELLE SON PÈRE ET SA BELLE-MÈRE PRÉVOYAIENT DE L'ENVOYER SUR LE FRONT...
AFIN QUE SA JEUNE SŒUR RYANNA SOIT L'HÉRITIÈRE DE LA FAMILLE.

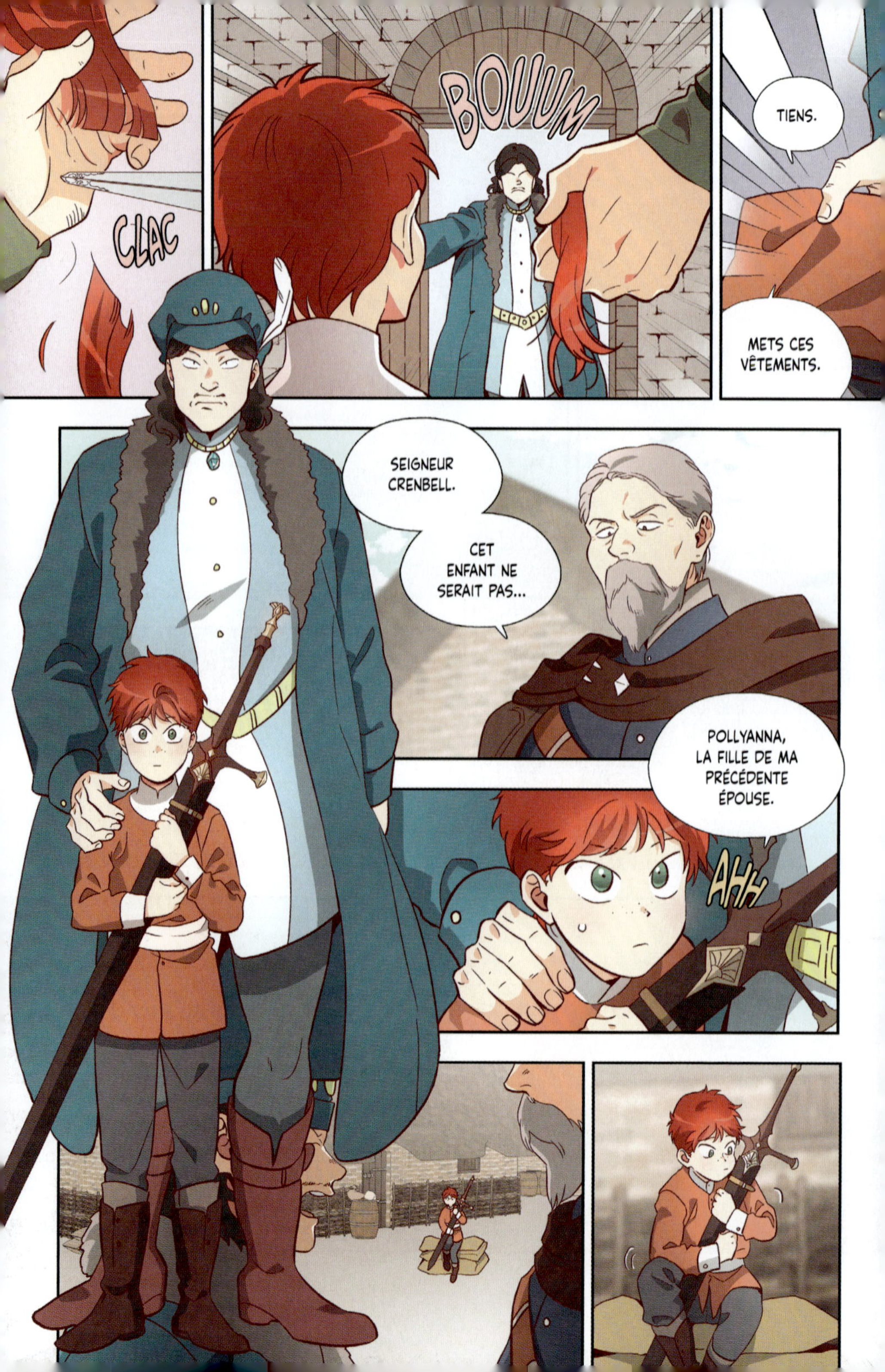
CLAC
BOUUM
TIENS.
METS CES VÊTEMENTS.
SEIGNEUR CRENBELL.
CET ENFANT NE SERAIT PAS...
POLLYANNA, LA FILLE DE MA PRÉCÉDENTE ÉPOUSE.
AHH

SEIGNEUR CRENBELL !
HMM?
!
PÈRE ?
AHH
PÈRE !
CALAC
CALAC

NE ME LAISSEZ PAS ! JE SUIS LÀ ! PÈRE !!
!!
LA FAMILLE DE POLLYANNA ESPÉRAIT QU'ELLE MEURE AU COMBAT.

TAP
-...
PAAM
WOUUSH
TES JAMBES SONT FAIBLES ! C'EST POUR ÇA QUE TU GLISSES À CHAQUE IMPACT SUR LE MANNEQUIN !
CRAMPONNE-TOI ! FAIS COMME SI TU ÉTAIS AU BORD D'UN RAVIN !
SCHTAC

CLING
RESTE EN VIE. QUOI QU'IL T'EN COÛTE.
C'EST COMME ÇA QUE TU AURAS TA REVANCHE SUR TES PARENTS.
SHLAC

CRRR
QUAND LES AUTRES AURONT BESOIN DE DIX COUPS POUR TUER UN ENNEMI, À TOI IL T'EN FAUDRA CENT !
NE FRAPPE PAS AU HASARD ! VISE SES POINTS VITAUX !
ÉTUDIE LA STRATÉGIE MILITAIRE.
NE FAIS PAS CONFIANCE À TON COMMANDANT.
SI TU SENS LA DÉFAITE VENIR, FUIS.
CE N'EST PAS DE LA DÉSERTION, TANT QUE TU RETOURNES AU CAMP.
SHHH
PFIOU...

GRAP
TAP
SI TU ES CAPTURÉE, TU SERAS VIOLÉE.
JE SAIS.
TES ALLIÉS AUSSI RISQUENT DE TE VIOLER.
JE SAIS.
ALORS POURQUOI TE DONNES-TU AUTANT DE MAL ?
J'SAIS PAS.
SE DONNER DU MAL SANS BUT PEUT RUINER UNE VIE.
HYAAA !

JE NE PEUX RIEN FAIRE D'AUTRE...
QUE TRAVAILLER DUR.
SLASH
POLLYANNA, 14 ANS
JOUR DE LA CONSCRIPTION

MON FILS ! REVIENS-NOUS VIVANT !
SNIF, SNIF.
JE NE ME FAISAIS AUCUNE ILLUSION...
JE SAVAIS QUE MON PÈRE NE VIENDRAIT PAS ASSISTER À MON DÉPART.
AU MÊME MOMENT...
DANS LE ROYAUME D'ACRÉA, PLUS AU NORD, L'ENNEMI D'EHAS...
ACREA
AH, LE VOILÀ ENFIN !
LE JEUNE ET BRILLANT PRINCE...
LUXOS DEVENAIT ROI.

C'EST À CE MOMENT PRÉCIS QUE COMMENÇA L'AVENTURE DE POLLYANNA ET LUXOS.

L'armure et la couronne

Chapitre 1

Le chevalier et la femme

L'Armure et la Couronne

L'armure et la couronne

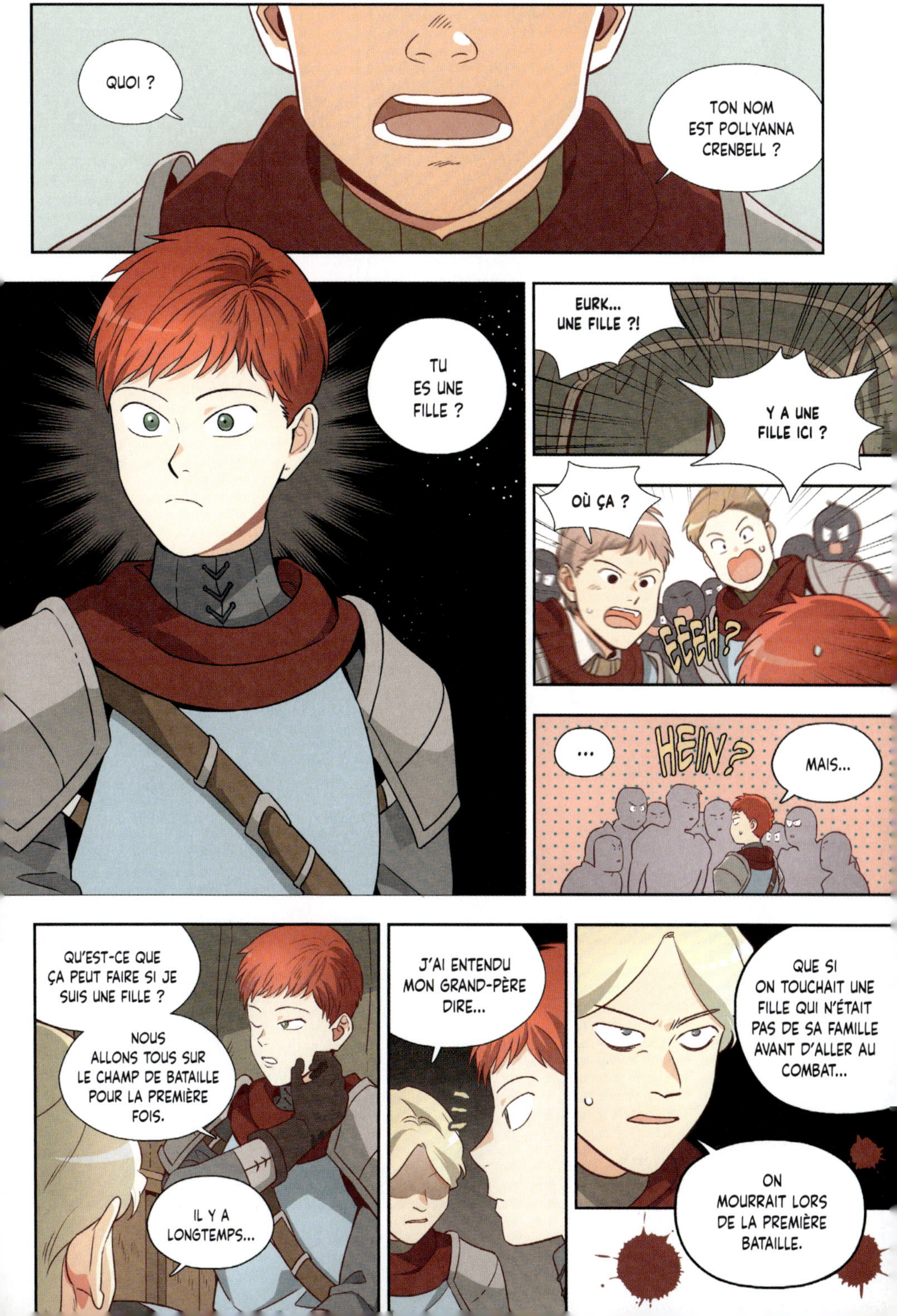
QUOI ?
TON NOM EST POLLYANNA CRENBELL ?
TU ES UNE FILLE ?
EURK... UNE FILLE ?!
Y A UNE FILLE ICI ?
OÙ ÇA ?
EEEH ?
...
HEIN ?
MAIS...
QU'EST-CE QUE ÇA PEUT FAIRE SI JE SUIS UNE FILLE ?
NOUS ALLONS TOUS SUR LE CHAMP DE BATAILLE POUR LA PREMIÈRE FOIS.
IL Y A LONGTEMPS...
J'AI ENTENDU MON GRAND-PÈRE DIRE...
QUE SI ON TOUCHAIT UNE FILLE QUI N'ÉTAIT PAS DE SA FAMILLE AVANT D'ALLER AU COMBAT...
ON MOURRAIT LORS DE LA PREMIÈRE BATAILLE.

AAAAAAARGH !
AAAH
EURK !
OH NON ! JE LUI AI SERRÉ LA MAIN !
QUOI ?!
POURQUOI Y A UNE FILLE PARMI NOUS ?
PFF, VOUS CROYEZ VRAIMENT DE TELLES SOTTISES ?
VRAIMENT ? UNE FEMME SOLDAT ?
QUEL GENRE DE FAMILLE ENVOIE UNE FILLE AU COMBAT ?
ET PUIS...
ELLE VA NOUS CAUSER QUE DES ENNUIS.
JE VOUS DIS QUE TOUT IRA BIEN.
J'AI SUIVI UN ENTRAÎNEMENT ASSIDU...
...
IMPOSSIBLE DE LES RAISONNER ?
DÉGAGE.

TU DESCENDS DE LÀ, ET TU REJOINS LA BASE À PIED.
TOUT ÇA À CAUSE D'UNE STUPIDE SUPERSTITION ?!
GRAP
DESCENDS, J'TE DIS !
UNE STUPIDE SUPERSTITION ? FACILE À DIRE POUR TOI.
TU NE JOUES PAS TA VIE ! TU CROIS QUE LA GUERRE EST UN JEU ?
IL DIT QUE CERTAINS RISQUENT DE MOURIR...
À CAUSE DE TOI !
DÉGAGE !
BARRE-TOI DE LÀ !
DÉGAGE !
OUAIS, CASSE-TOI !
DÉGAGE !!
DÉGAGE !

TAP
ATTENDS.
JE VAIS DESCENDRE...
TAP
BAM
PAR MOI-MÊME...
BAM
TAP
TU TROUVES ÇA INJUSTE ?
ALORS RENTRE CHEZ TOI FAIRE LE MÉNAGE, ET ENVOIE TON FRÈRE À LA PLACE !

CLING
CLING
CE MEC, C'EST PAS UN NOBLE ? ILS SE DÉPLACENT PAS EN CHARIOT, EUX ?
BLA
BLA
EH BIEN...
QUOI ? UNE FILLE ?
EURK...
JE VOUS ENTENDS...
CLING

JE NE RISQUE PAS D'OUBLIER...
MA PREMIÈRE MISSION.
TU ÉTAIS LÀ. JE TE CHERCHAIS PARTOUT.

INO.
SA MAJESTÉ TE DEMANDE, LUXI.
SA MAJESTÉ ? MOI ?
IL EST ENCORE MALADE ?
TAP
JE L'IGNORE. IL N'EST PAS DU GENRE À DONNER DES DÉTAILS...
C'EST MOI, LUXOS, VOTRE MAJESTÉ.
...
ENTRE.
KOF KOF
CRIII

KOF !
ENCORE UN COUP DE FROID, VOTRE MAJESTÉ ?
RIEN DE SÉRIEUX, PAS D'INQUIÉTUDE.
IL SEMBLERAIT QUE LA GUERRE ENTRE EHAS ET CUKDA AIT REPRIS.
QUELLE EN SERA L'ISSUE, SELON TOI ?
CELLE-CI AUSSI VA TOURNER COURT.
LES SOLDATS ET LA POPULATION SONT ÉPUISÉS, DEPUIS LE PRÉCÉDENT CONFLIT.
QUEL QU'EN SOIT LE VAINQUEUR, IL NE RÉUSSIRA PAS À UNIFIER LE PEUPLE PAR LA SUITE.
CELA FAIT PLUS D'UNE DÉCENNIE QUE LES RÉCOLTES PASSENT INTÉGRALEMENT DANS L'APPROVISIONNEMENT DE L'ARMÉE.

C'EST VRAI.
ILS S'ENFONCENT, SANS SAVOIR COMMENT METTRE FIN À CE CONFLIT.
VOUS DEVRIEZ PRÉPARER VOS TROUPES, VOTRE MAJESTÉ.
LEURS ARMÉES SONT À BOUT APRÈS TANT D'ANNÉES DE GUERRE. VOUS POURRIEZ LES VAINCRE AISÉMENT.
VOUS POURREZ AINSI ACCOMPLIR VOTRE VŒU LE PLUS CHER.
LE CONSEIL DES SAGES Y EST FERMEMENT OPPOSÉ.
KOF KOF
DE PLUS...
KOF
MES JOURS SONT COMPTÉS...

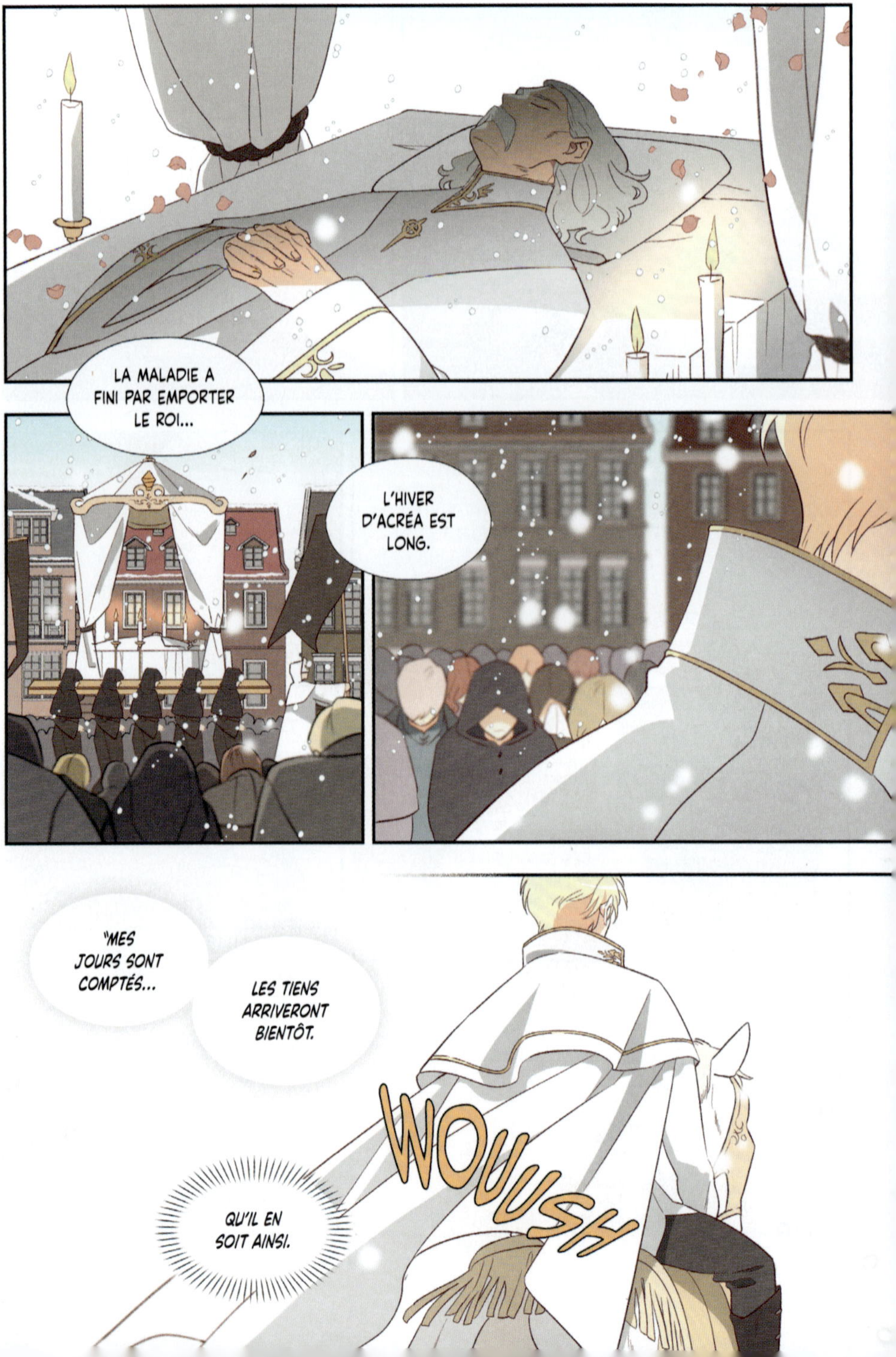

LA MALADIE A FINI PAR EMPORTER LE ROI...
L'HIVER D'ACRÉA EST LONG.
"MES JOURS SONT COMPTÉS...
LES TIENS ARRIVERONT BIENTÔT.
WOUUSH
QU'IL EN SOIT AINSI.

DANS CE CAS,
JE RÉALISERAI VOTRE RÊVE.
J'UNIFIERAI LE CONTINENT,
PÈRE.

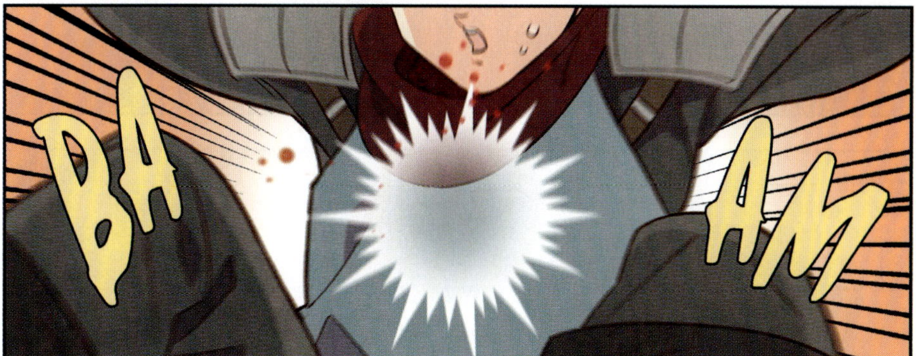
BAAM

KHOFF !
GHH !
BOUM
ESPÈCE... DE TRAÎNÉE !
EH !
QUOI ?
MAINTENAN
TU N'AS PL
À VOYAGER A
UNE FEMME. C
PAS CE QUE
VOULAIS ?
SI QUELQU'UN D'AUTRE VEUT DESCENDRE, SUFFIT DE DEMANDER.
JE SUIS PRÊTE À AIDER.
HAN
HAN
T'ES SÛR QUE C'EST UNE FILLE ?
FWIP
VU SON MANQUE DE FÉMINITÉ, ÇA ANNULE SÛREMENT LA MALÉDICTION !
J'EN AI MARRE.

LA PLUPART DES COMBATS COMMENCENT EN HIVER.
POUR AVOIR SUFFISAMMENT DE PROVISIONS, ON CULTIVE ET RÉCOLTE AUX SAISONS PRÉCÉDENTES.
SI ON SURVIT À L'HIVER, ON PEUT TENIR LE RESTE DE L'ANNÉE.
AAAAAAH !
LE PREMIER HIVER…
LE DEUXIÈME HIVER…

WOUAAAAAAHHH
LE TROISIÈME...
LE QUATRIÈME...
LE CINQUIÈME...
ET LE SIXIÈME HIVER.
AAAAH...
ELLE FINIRA JAMAIS, CETTE GUERRE...
JE PENSAIS QUE ÇA NE DURERAIT PAS PLUS DE DIX ANS, MAIS ON EN VOIT PAS LE BOUT...
Y A-T-IL SEULEMENT UN FUTUR...
POUR CE PAYS ET POUR MOI ?

AINSI, TU SOUHAITES UNE PERMISSION ?
APRÈS TOUS TES REFUS, DISANT N'AVOIR NULLE PART OÙ ALLER, TU DEMANDES UNE PERMISSION ?
ÉTRANGE.
JUSTE POUR QUELQUES JOURS. JE SOUHAITE RETOURNER DANS MA VILLE NATALE.
CUKDA POURRAIT LANCER UNE OFFENSIVE MAJEURE À TOUT MOMENT, ET TU VEUX UNE PERMISSION...
LAISSEZ-LA PARTIR. C'EST UNE FEMME, APRÈS TOUT.
DE TOUTE FAÇON, ELLE NE SERAIT PAS D'UN GRAND SECOURS SI ELLE RESTAIT.
MMH...
PAF
TRÈS BIEN.
PERMISSION ACCORDÉE.

FAITES UN BON VOYAGE, CHEF DE SECTION CRENBELL !
WIP
CALAC
CALAC
MA PERSÉVÉRANCE M'A PERMIS DE SURVIVRE À CES SIX ANNÉES.
SCRONCH
J'AI OBTENU UNE PROMOTION EN DEVENANT CHEF DE SECTION.
AVEC MES PROPRES HOMMES, QUI M'OBÉISSENT... PLUS OU MOINS.

CUKDA LANCERA SA GRANDE OFFENSIVE CETTE ANNÉE !
POURTANT...
OUI, CUKDA VA LANCER SA GRANDE OFFENSIVE CETTE ANNÉE !
MAINTENANT...
CETTE ANNÉE, C'EST SÛR !
HAAA...
"SE DONNER DU MAL SANS BUT PEUT RUINER UNE VIE."
J'IGNORE SI J'AI RUINÉ MA VIE...
MAIS JE SUIS SÛRE D'ÊTRE ÉPUISÉE, MAÎTRE.

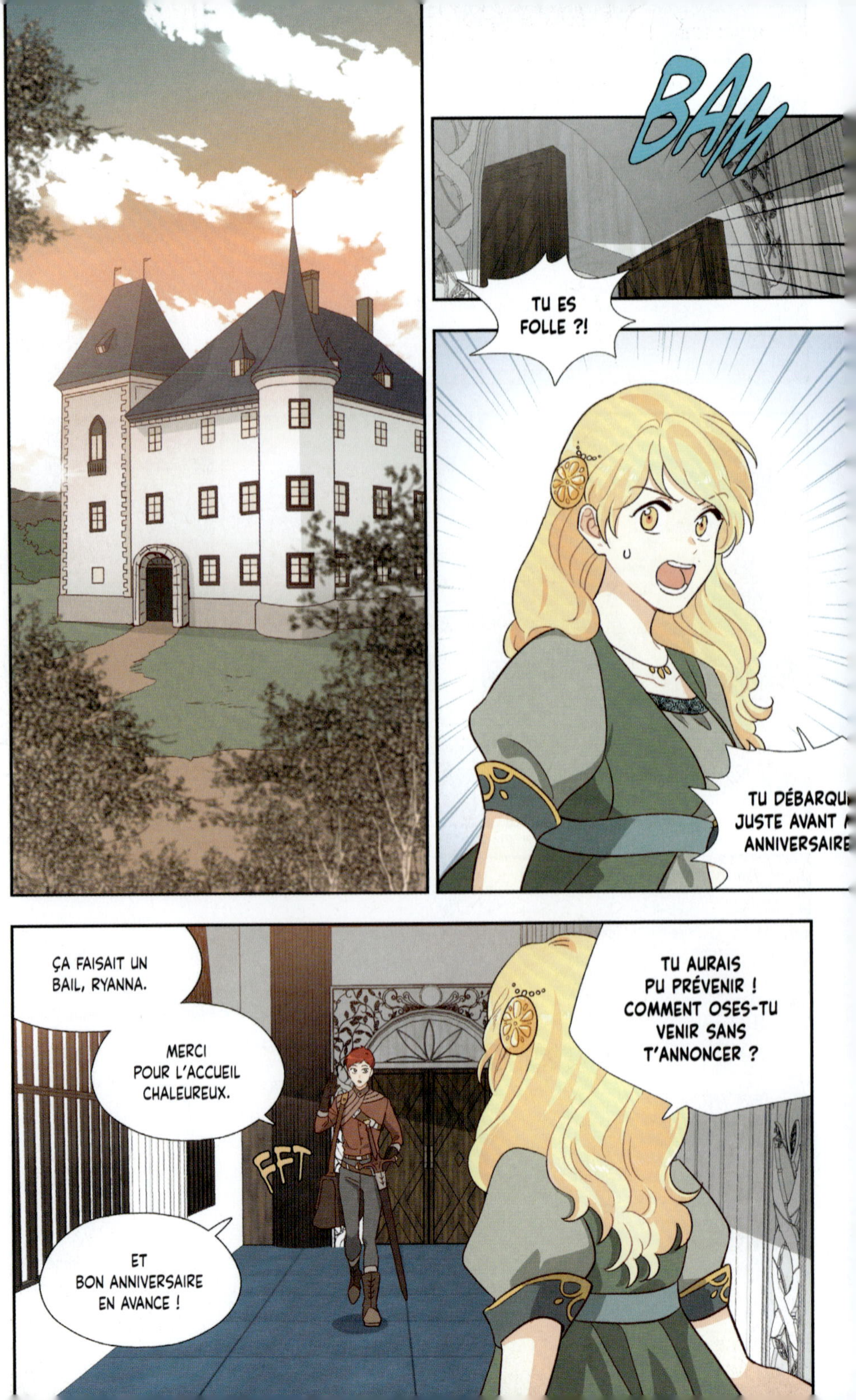
BAM
TU ES FOLLE ?!
TU DÉBARQU
JUSTE AVANT
ANNIVERSAIRE
ÇA FAISAIT UN BAIL, RYANNA.
MERCI POUR L'ACCUEIL CHALEUREUX.
TU AURAIS PU PRÉVENIR ! COMMENT OSES-TU VENIR SANS T'ANNONCER ?
FFT
ET BON ANNIVERSAIRE EN AVANCE !

MADEMOISELLE POLLYANNA !
VOUS VENEZ D'ARRIVER ? AVEZ-VOUS MANGÉ ?
NON.
MAIS JE PEUX PRENDRE CE PAIN, N'EST-CE PAS ?
POF
TAC
BAM
C'EST... C'EST MA NAPPE PRÉFÉRÉE...
IL Y A MÊME DU BEURRE.
C'EST TRÈS DIFFICILE D'EN TROUVER SUR LE FRONT.
MIAM
VA-T'EN.
JE N'ACCEPTE PERSONNE DANS CETTE MAISON SANS INVITATION.
PARS D'ICI, TOUT DE SUITE !

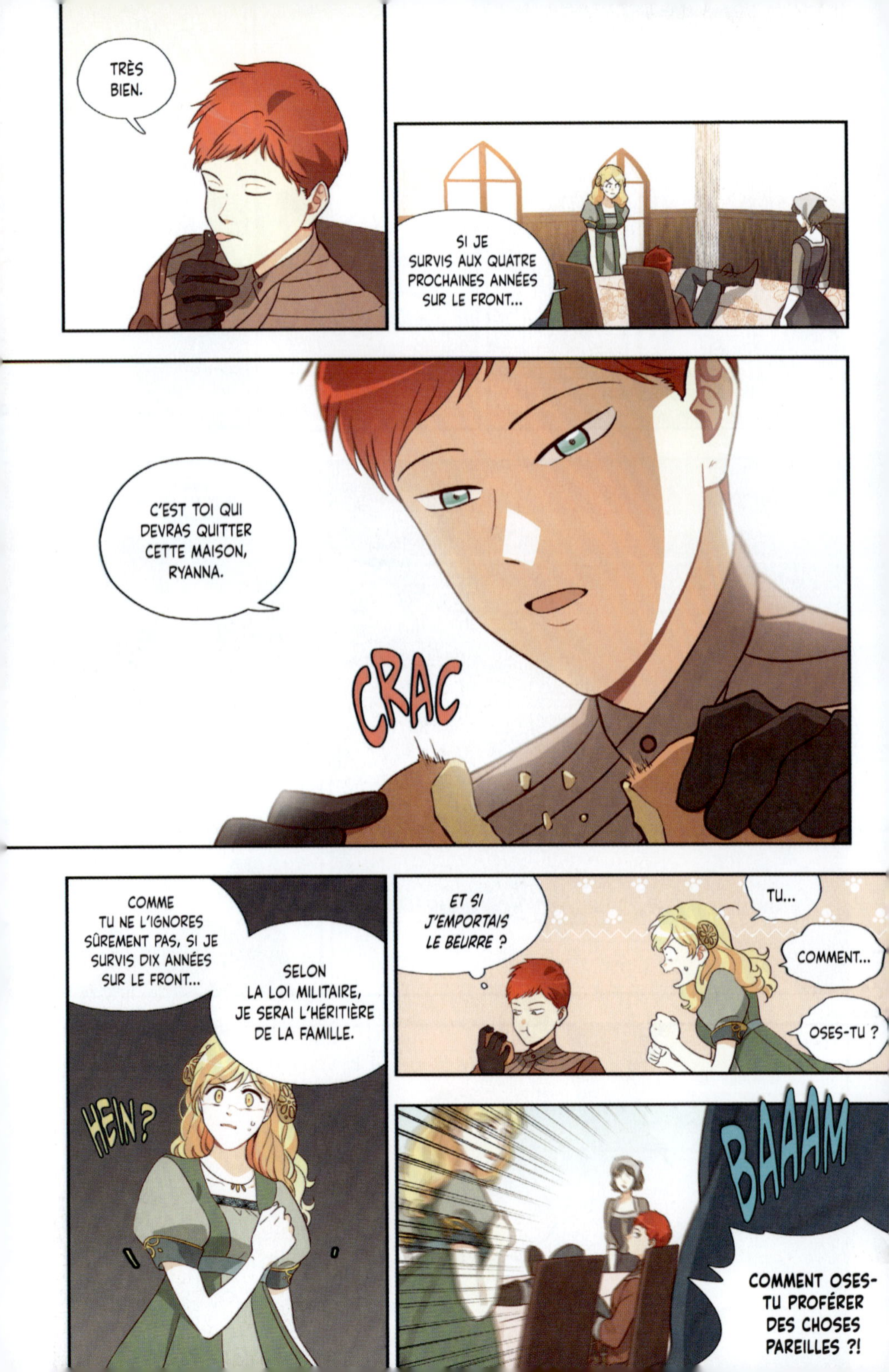
TRÈS BIEN.
SI JE SURVIS AUX QUATRE PROCHAINES ANNÉES SUR LE FRONT...
C'EST TOI QUI DEVRAS QUITTER CETTE MAISON, RYANNA.
CRAC
COMME TU NE L'IGNORES SÛREMENT PAS, SI JE SURVIS DIX ANNÉES SUR LE FRONT...
SELON LA LOI MILITAIRE, JE SERAI L'HÉRITIÈRE DE LA FAMILLE.
HEIN ?
ET SI J'EMPORTAIS LE BEURRE ?
TU...
COMMENT...
OSES-TU ?
BAAAM
COMMENT OSES-TU PROFÉRER DES CHOSES PAREILLES ?!

TAP
TAP
PÈRE.
VLAAM
RYANNA EST L'HÉRITIÈRE DES CRENBELL !
COMMENT OSES-TU LUI PARLER AINSI ?
CALMEZ-VOUS, MONSEIGNEUR, JE VOUS EN PRIE !
PFTIOU

DEMAIN MATIN À LA PREMIÈRE HEURE, JE ME RENDS À LA CAPITALE POUR COLLECTER DES INFORMATIONS.
SI JE DOIS SURVIVRE DANS CE PAYS CORROMPU...
AU SEIN D'UNE ARMÉE DE RACAILLES...
ET DE CETTE ÉPOUVANTABLE FAMILLE...
JE DOIS SAVOIR CE QUE LES AUTRES IGNORENT.
TAP
TAP

BIEN, BIEN...
JE N'AI RIEN OBTENU, À PART QUE LE JEUNE ET SÉDUISANT ROI D'ACRÉA MAINTIENT SES FRONTIÈRES EN ALERTE.
MAIS... POURQUOI FAIRE CELA, À PEINE INTRONISÉ ?
SCRITCH
SCRITCH
LES JEUNES MONARQUES NE CHERCHENT-ILS PAS GÉNÉRALEMENT...
À PROUVER LEUR BRAVOURE EN SE LANÇANT AU COMBAT ?
HEIN ?

CETTE TACTIQUE...
IMPOSSIBLE...
ÉCHEC ET MAT !
J'AI ENCORE GAGNÉ.
HUIT VICTOIRES CONSÉCUTIVES !
C'EST PAS VRAI...
J'Y VOIS UN BON PRÉSAGE.
ACRÉA SE PRÉPARE À LA GUERRE ?
J'ESPÈRE...
QUE CONQUÉRIR EHAS SERA AUSSI FACILE QUE ÇA.

L'armure et la couronne

FRRSH
CHEF CRENBELL ?
VOUS N'ÉTIEZ PAS EN PERMISSION ?
ARGH
C'EST LA SORCIÈRE !
...
JE SUIS RENTRÉE PLUS TÔT POUR FAIRE MON RAPPORT.
OÙ EST LE COMMANDANT DU BATAILLON ?
TAP
TAP
EN RÉUNION AVEC LES AUTRES COMMANDANTS.
PARFAIT.
J'Y VAIS.
FWIP
QUOI ?
M... MAIS !
BAM

C'EST...
BLA
BLA
CRENBELL...

EUH...
PFIOU...

ALLEZ !

BAM
EUH...
TU DIS QU'ACRÉA COMPTE NOUS ENVAHIR ?
TU T'INTRODUIS ICI POUR DÉBALLER DE TELLES INEPTIES ?
C'EST LA VÉRITÉ.
BLA BLA
IL Y A D'ÉTRANGES MOUVEMENTS DE TROUP NOUS DEVONS RENFORC NOTRE FRONTIÈRE !
APRÈS SIX LONGUES ANNÉES DE CONFLIT, TU NE SAIS TOUJOURS PAS CE QUI SE PASSE VRAIMENT !
UNE GRANDE OFFENSIVE CONTRE CUKDA VA BIENTÔT AVOIR LIEU !
IL N'Y AURA PAS DE GRANDE OFFENSIVE !
SA MAJESTÉ A AFFIRMÉ QU'IL Y AVAIT UNE AGITATION SUSPECTE À CUKDA !
CET HIVER, NOUS ALLONS POUVOIR METTRE FIN À CETTE GUERRE !
COMME TOUS LES HIVERS PRÉCÉDENTS !
J'ENTENDS ÇA CHAQUE ANNÉE, ET À CHAQUE FOIS, LA GUERRE SE POURSUIT AU PRINTEMPS.

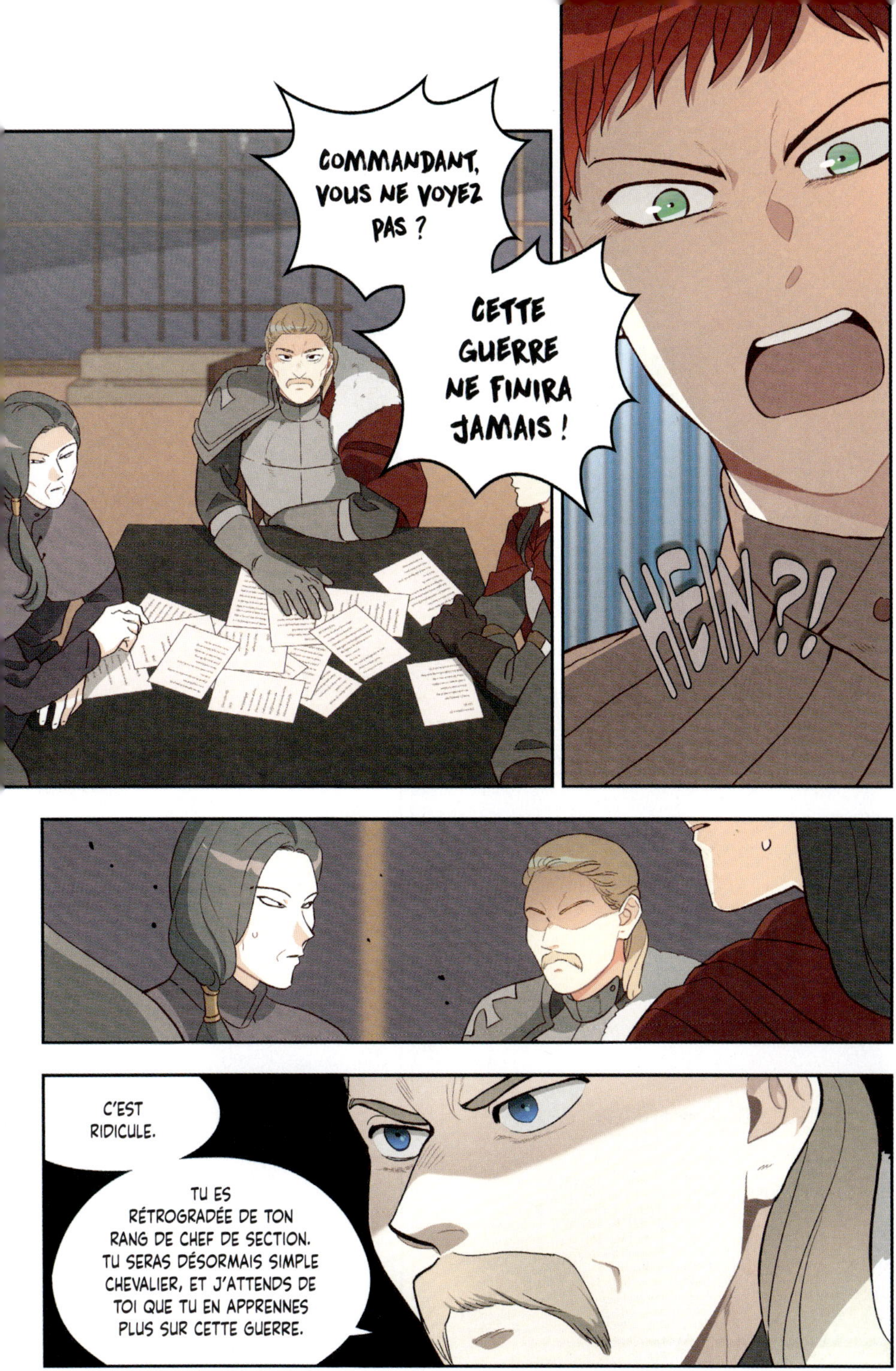
COMMANDANT, VOUS NE VOYEZ PAS ?
CETTE GUERRE NE FINIRA JAMAIS !
HEIN ?!
C'EST RIDICULE.
TU ES RÉTROGRADÉE DE TON RANG DE CHEF DE SECTION. TU SERAS DÉSORMAIS SIMPLE CHEVALIER, ET J'ATTENDS DE TOI QUE TU EN APPRENNES PLUS SUR CETTE GUERRE.

C'EST BIEN LES FEMMES, ÇA !
BAAAM
VOUS AVEZ PRIS LA BONNE DÉCISION, COMMANDANT !
HA HA HA HA
ÇA NE SERT À RIEN D'ÉCOUTER CETTE HYSTÉRIQUE.
ILS NE M'ÉCOUTENT PAS, CAR ILS NE SONT PAS EN PREMIÈRE LIGNE.
SALAUDS.
PFTIOU

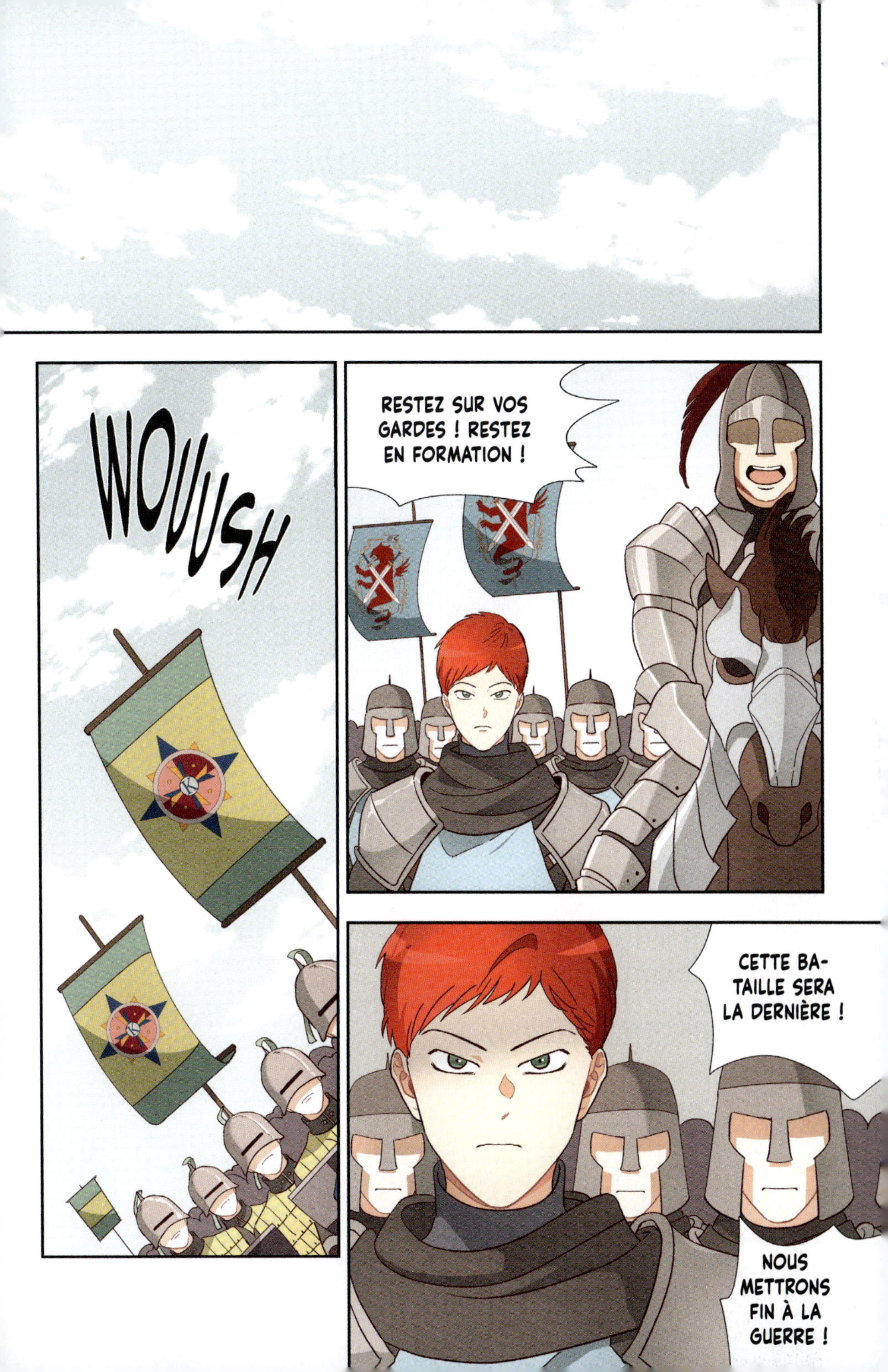
WOUUSH
RESTEZ SUR VOS GARDES ! RESTEZ EN FORMATION !
CETTE BATAILLE SERA LA DERNIÈRE !
NOUS METTRONS FIN À LA GUERRE !

WAAAAAAAAHHH !!
CE JOUR VA-T-IL...
CLANC CLANC
WAAAAAHHH !!
SEULEMENT ARRIVER ?
BOUM BOUM
LA FIN DE LA GUERRE...
UN MOMENT DE RÉPIT, SANS AVOIR À SE SOUCIER DES COMBATS.

JE NE PEUX RIEN FAIRE D'AUTRE QUE TRAVAILLER DUR.
NE ME LAISSEZ PAS ! JE SUIS LÀ ! PÈRE !!
ET VIVRE SANS AVOIR...
DÉGAGE !
RYANNA EST L'HÉRITIÈRE DES CRENBELL !
À LUTTER POUR SURVIVRE.
C'EST BIEN LES FEMMES, ÇA.
BABOUM

DOUUM
HIIIIII
A...
ACRÉA !
WIP
LES TROUPES D'ACRÉA !
FWISH
FWISH
FWISH
FWISH
FUYEZ ! C'EST UN PIÈGE !

ILS NOUS ONT TENDU UNE EMBUSCADE !

TAP
TAP
CE JOUR VIENDRA-T-IL POUR MOI ?
TAP
TAP

FRSH
FRSH
RESTEZ AVEC MOI ! NE LAMBINEZ PAS !
HAN HAN
À VOS ORDRES !
TAP TAP
HUFF HUFF
COMMANDANT CRENBELL, SANS VOUS, NOUS SERIONS TOUS MORTS... COMME LES AUTRES.
NE RECULEZ PAS ! VOUS SERIEZ À DÉCOUVERT DANS LA PLAINE !
PRENEZ PAR LA FORÊT À DROITE, À TRAVERS LES GROTTES !
COMMANDANT, VOTRE VOIX ÉTAIT SI CLAIRE AU MILIEU DE CE CHAOS !
HUFF
PAS ÉTONNANT QU'ON VOUS APPELLE LA SORCIÈRE DU FRONT !
ON FAIT DE L'HUMOUR ? ON DIRAIT QU'IL TE RESTE ASSEZ D'ÉNERGIE POUR QUE JE TE CORRIGE PERSONNELLEMENT.
FRSH
JE... JE SUIS DÉSOLÉ !
IDIOT ! TAIS-TOI !

NOUS LES AVONS PERDUS, PAR MA FAUTE.
TU LES AS PERDUS ?
NE M'AVAIS-TU PAS DIT QUE TU POURRAIS ANNIHILER LEURS TROUPES RAPIDEMENT SI ON NE TE REPÉRAIT PAS AVANT L'EMBUSCADE ?
JE SUIS PROFONDÉMENT DÉSOLÉ.
UN OFFICIER A GARDÉ SON SANG-FROID ET A FUI PAR LA FORÊT AVEC SES TROUPES.
C'EST AGAÇANT.
ÇA RUINERAIT MON PLAN, SI UN SEUL D'ENTRE EUX PARVENAIT À ALLER CHERCHER DU RENFORT.

L'UNE DE NOS DIVISIONS D'ÉLITE EST À LEUR POURSUITE, NOUS DEVRIONS BIENTÔT LES CAPTURER.
OUI.
J'ESPÈRE BIEN.
FWIP
AH, AU FAIT...
CET OFFICIER... CELUI QUI N'A PAS PANIQUÉ.
JE VEUX LE VOIR.

TADADAP
TADADAP
CAPTUREZ-LE VIVANT.

L'Armure
et la
Couronne

L'armure et la couronne

VOUS VOULEZ SERVIR DE LEURRE ?
COMMENT ÇA ?
SI NOUS CONTINUONS À FUIR AINSI, ILS FINIRONT PAR NOUS RATTRAPER.
MAIS COMMENT POURRIONS-NOUS PARTIR SANS VOUS, COMMANDANT ?
C'EST MOI QUI CONNAIS LE MIEUX LE TERRAIN ICI, ET JE SUIS NOBLE.
SI JE SUIS CAPTURÉE, J'AI UNE CHANCE D'ÊTRE PRISE EN OTAGE.
MAIS SI L'UN D'ENTRE VOUS EST PRIS, IL SERA TUÉ SUR-LE-CHAMP.
!!
OBÉISSEZ ET PARTEZ IMMÉDIATEMENT !!
DE PLUS...

EN TANT QUE CHEF DE CETTE SECTION...
J'AI LE DEVOIR DE VOUS PROTÉGER.
J'AI MENTI.
URGH...
PUISQUE JE NE SUIS PLUS OFFICIELLEMENT CHEF DE SECTION, ILS NE ME GARDERONT PAS COMME OTAGE.
ET MÊME S'ILS DEMANDAIENT UNE RANÇON...
LA FAMILLE CRENBELL NE LA PAIERAIT PAS.
HUFF
HUFF
TAP
TAP
MAIS SI JE SUIS DESTINÉE À MENER CES COMBATS PERDUS D'AVANCE. ET À EN MOURIR...

ALORS AUTANT PROTÉGER MES COMPAGNONS ET AFFRONTER LA MORT DIGNEMENT...
CLAC

QU'EST-CE QUE...
UN ANGE VIENT DÉJÀ À MA RENCONTRE ?
HUFF HUFF
À GENOUX ! MIEUX QUE ÇA !
ARGH
!
C'EST LUI ?
SANS AUCUN DOUTE. IL A ÉTÉ TRÈS HABILE ET NOUS AVONS EU DU MAL À LE CAPTURER.
TROIS JOURS DE TRAQUE, ET SEUL EN PLUS ? JE SUIS IMPRESSIONNÉ.
LEUR COMMANDANT ?
ALORS CET HOMME SERAIT...
LE NOUVEAU ROI D'ACRÉA !
ALORS...
QUEL EST TON NOM ?

S DÉCOUVRENT QUE
E SUIS UNE FEMME,
E RISQUE BIEN PIRE
QUE LA MORT...
WIP
FILS DE CHIENNE, IMPOLI !
PAF
OÙ SONT TES HOMMES ?
BOUM
RÉPONDS !
FFT
TU AS ÉCHAPPÉ PLUSIEURS FOIS À MES HOMMES, AVANT D'ÊTRE CAPTURÉ, SEUL.

AS-TU RENVOYÉ TOUS TES HOMMES POUR ALLER CHERCHER DES RENFORTS ?
ÇA N'A SERVI À RIEN.
TU N'AS PLUS DE TERRE QUI NE SOIT PAS CONQUISE.
HEIN ?
PAUVRES VIEUX SÉNILES...
OU...
LES AS-TU ENVOYÉS VERS DES TERRES HORS DE NOTRE PORTÉE ?
...

AH...
HA HA.
HA HA
HA HA...
ÇA IRA.
JE SUIS PRÊTE À MOURIR.
POURQUOI S'ACCROCHER À UNE VIE SANS AVENIR ?
GRRR
JE SOUHAITE JUSTE MOURIR DIGNEMENT...
VO... VOTRE MAJESTÉ ?!

CLINC
REMARQUABLE. JUSTE PARFAIT.

JE VEUX SAVOIR QUI EST EXACTEMENT CE FIER CHEVALIER. DONNE-MOI TON NOM.
PAU...
PAUL... CRENBELL...
FWIP
SEIGNEUR PAUL !
SERIEZ-VOUS PRÊT...
À DEVENIR MON...

UNE FEMME ?
BROUHAHA

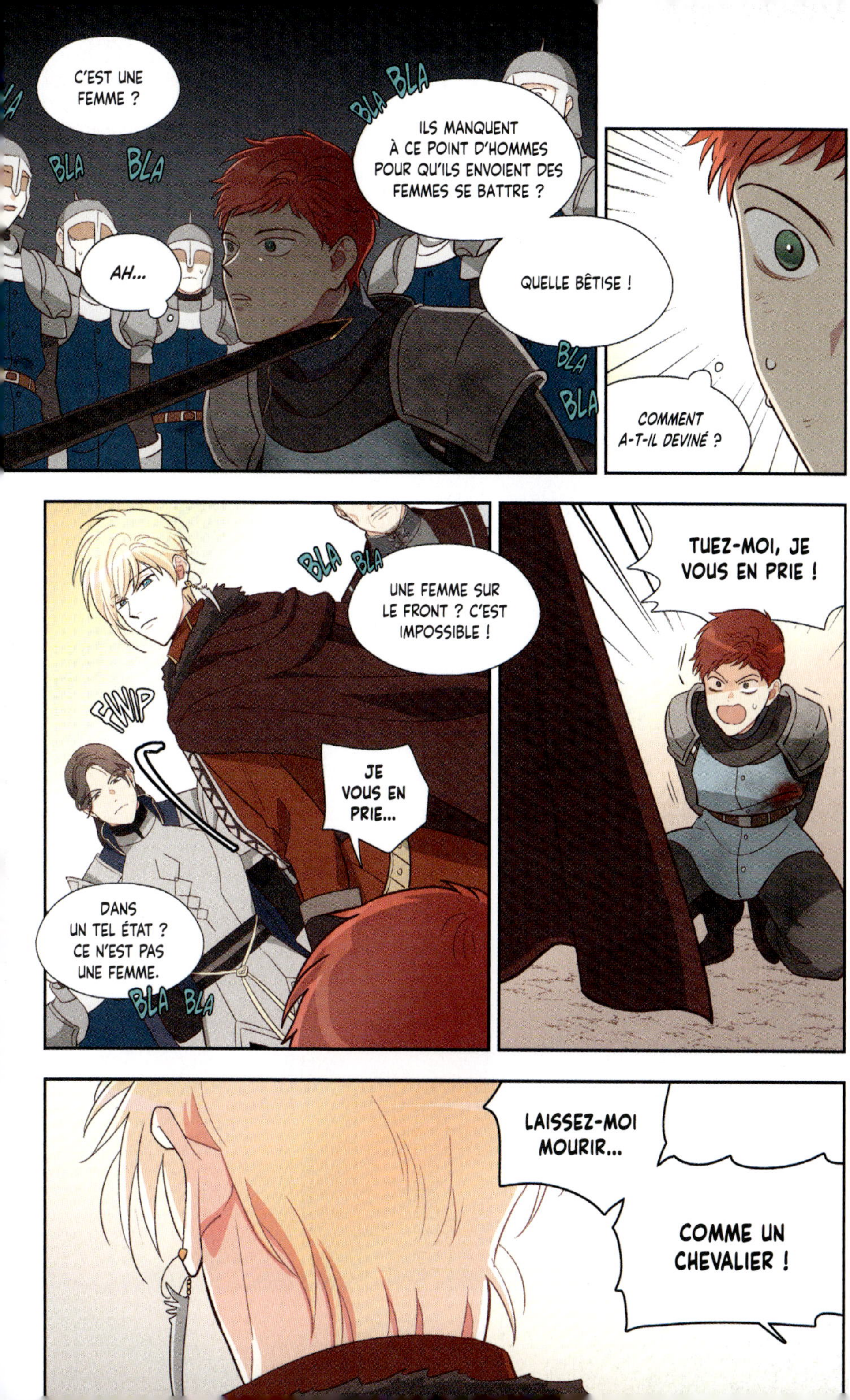

C'EST UNE FEMME ?
BLA BLA
ILS MANQUENT À CE POINT D'HOMMES POUR QU'ILS ENVOIENT DES FEMMES SE BATTRE ?
BLA BLA
AH...
QUELLE BÊTISE !
BLA BLA
COMMENT A-T-IL DEVINÉ ?
BLA BLA
UNE FEMME SUR LE FRONT ? C'EST IMPOSSIBLE !
FWIP
JE VOUS EN PRIE...
DANS UN TEL ÉTAT ? CE N'EST PAS UNE FEMME.
BLA BLA
TUEZ-MOI, JE VOUS EN PRIE !
LAISSEZ-MOI MOURIR...
COMME UN CHEVALIER !

...
DÉCAPITATION.
JE SUIS...
CHANCEUSE...
OUF
"SI TU ES CAPTURÉE, TU SERAS VIOLÉE."
SI CHANCEUSE...

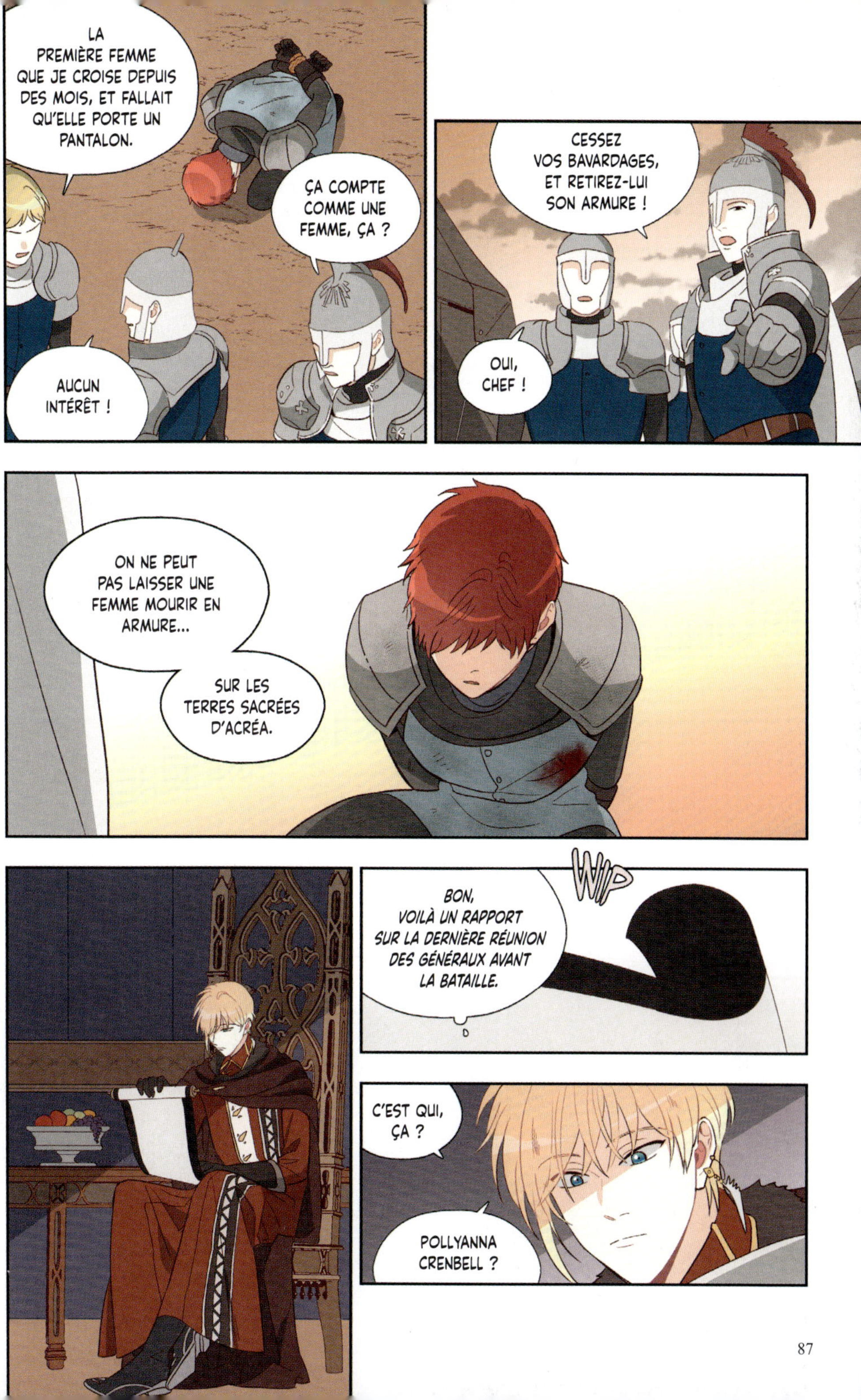
LA PREMIÈRE FEMME QUE JE CROISE DEPUIS DES MOIS, ET FALLAIT QU'ELLE PORTE UN PANTALON.
ÇA COMPTE COMME UNE FEMME, ÇA ?
AUCUN INTÉRÊT !
CESSEZ VOS BAVARDAGES, ET RETIREZ-LUI SON ARMURE !
OUI, CHEF !
ON NE PEUT PAS LAISSER UNE FEMME MOURIR EN ARMURE...
SUR LES TERRES SACRÉES D'ACRÉA.
WIP
BON, VOILÀ UN RAPPORT SUR LA DERNIÈRE RÉUNION DES GÉNÉRAUX AVANT LA BATAILLE.
C'EST QUI, ÇA ?
POLLYANNA CRENBELL ?

POLLYANNA CRENBELL...
A ÉTÉ RÉTROGRADÉE POUR AVOIR SOUTENU QU'ACRÉA ALLAIT ENVAHIR EHAS.
POLLYANNA CRENBELL...
PAUL CRENBELL...
JE COMPRENDS.
QU'EST-CE QUI TE PREND ?
BA
AM
VOUS, LES FILLES, VOUS ÊTES SI PERVERSES. COMMENT SAVOIR SI TU NE CACHES PAS UNE ARME SOUS TES VÊTEMENTS ?
JE DOIS VÉRIFIER !

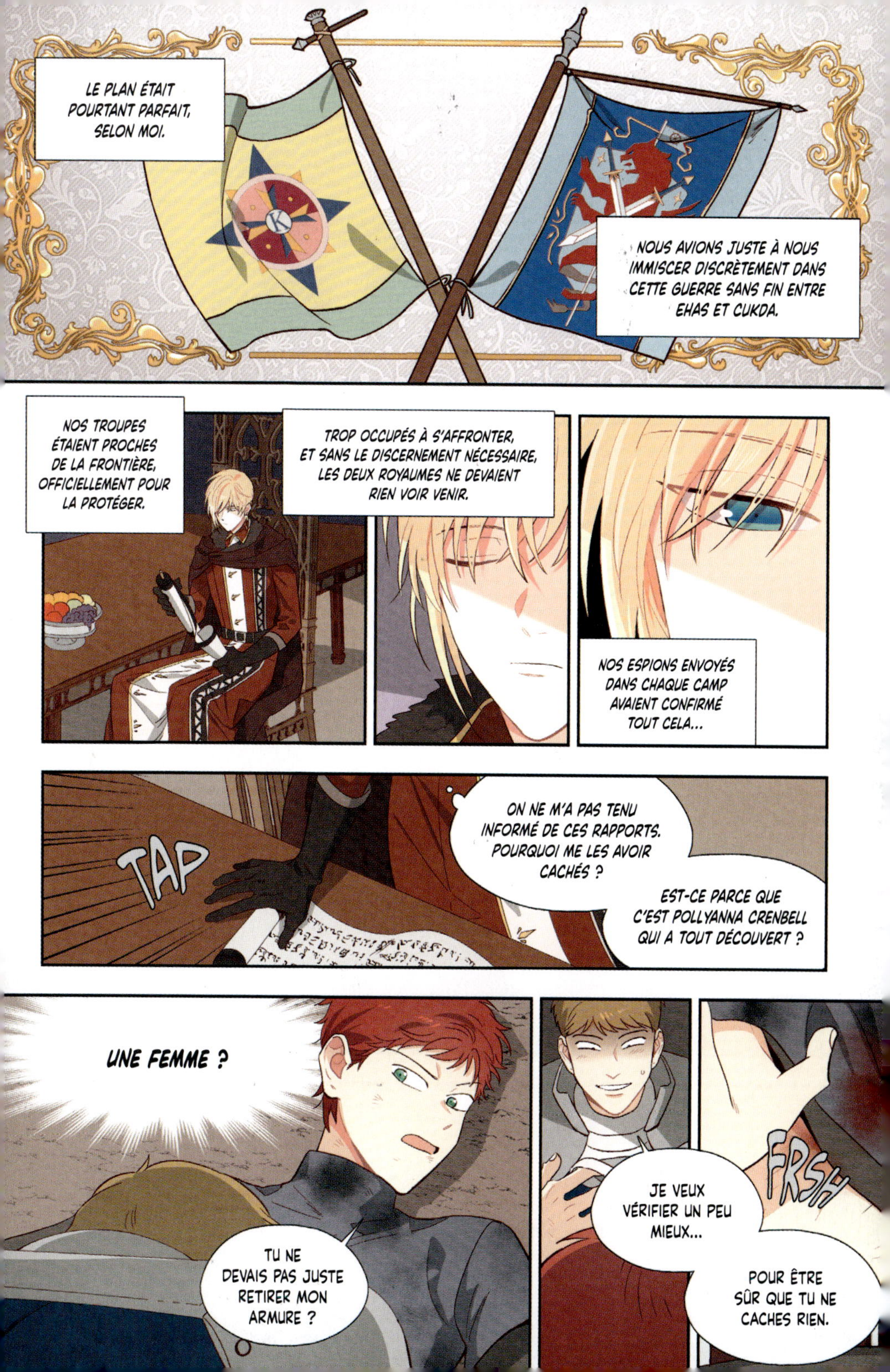
LE PLAN ÉTAIT POURTANT PARFAIT, SELON MOI.
NOUS AVIONS JUSTE À NOUS IMMISCER DISCRÈTEMENT DANS CETTE GUERRE SANS FIN ENTRE EHAS ET CUKDA.
NOS TROUPES ÉTAIENT PROCHES DE LA FRONTIÈRE, OFFICIELLEMENT POUR LA PROTÉGER.
TROP OCCUPÉS À S'AFFRONTER, ET SANS LE DISCERNEMENT NÉCESSAIRE, LES DEUX ROYAUMES NE DEVAIENT RIEN VOIR VENIR.
NOS ESPIONS ENVOYÉS DANS CHAQUE CAMP AVAIENT CONFIRMÉ TOUT CELA...
TAP
ON NE M'A PAS TENU INFORMÉ DE CES RAPPORTS. POURQUOI ME LES AVOIR CACHÉS ?
EST-CE PARCE QUE C'EST POLLYANNA CRENBELL QUI A TOUT DÉCOUVERT ?
UNE FEMME ?
TU NE DEVAIS PAS JUSTE RETIRER MON ARMURE ?
JE VEUX VÉRIFIER UN PEU MIEUX...
FRSH
POUR ÊTRE SÛR QUE TU NE CACHES RIEN.

SI TU RESTES CALME...
JE FERAI ÇA VITE.
FWIT
DE DÉGAGER !
GRAP
SBAM
KRFT !

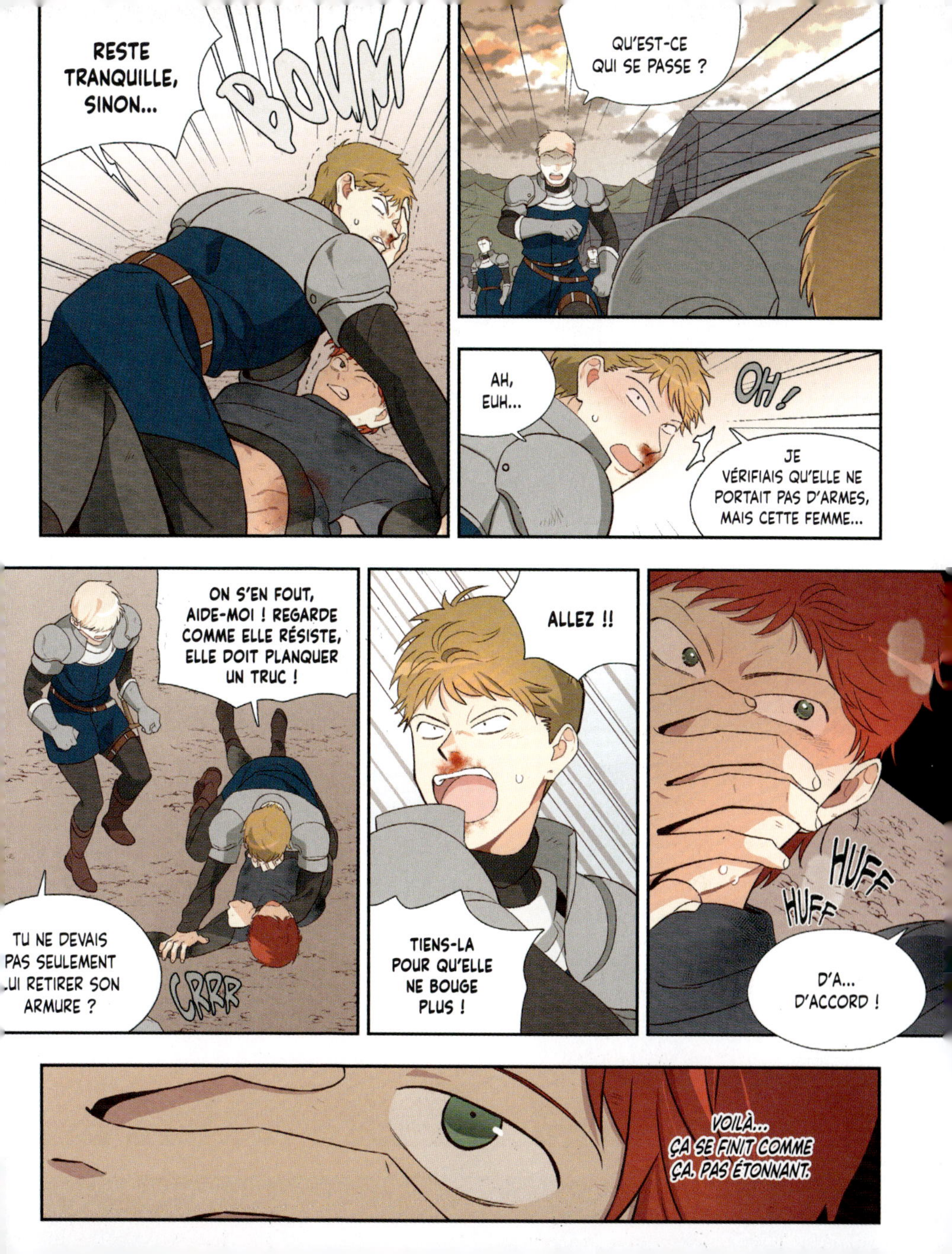
RESTE TRANQUILLE, SINON...
BOUM
QU'EST-CE QUI SE PASSE ?
AH, EUH...
OH !
JE VÉRIFIAIS QU'ELLE NE PORTAIT PAS D'ARMES, MAIS CETTE FEMME...
ON S'EN FOUT, AIDE-MOI ! REGARDE COMME ELLE RÉSISTE, ELLE DOIT PLANQUER UN TRUC !
TU NE DEVAIS PAS SEULEMENT LUI RETIRER SON ARMURE ?
CRRR
ALLEZ !!
TIENS-LA POUR QU'ELLE NE BOUGE PLUS !
HUFF HUFF
D'A... D'ACCORD !
VOILÀ... ÇA SE FINIT COMME ÇA. PAS ÉTONNANT.

MOURIR AVEC DIGNITÉ...
AH...

SHLING
SHLAC

AAAAH
SLASH

POLLYANNA CRENBELL A PROPOSÉ UN PLAN D'OPÉRATION QUI A ÉTÉ BALAYÉ.
POLLYANNA CRENBELL A SUGGÉRÉ UNE MODIFICATION DES MANOEUVRES TACTIQUES.
POLLYANNA CRENBELL A INDIQUÉ LE LIEU DE L'EMBUSCADE DES TROUPES DE CUKDA...
SELON LE RAPPORT DE POLLYANNA CRENBELL...
POLLYANNA CRENBELL...
JE M'EN DOUTAIS, SA MORT EST REGRETTABLE.
UNE FEMME...
UN CHEVALIER.
ELLE EST SI...
TALENTUEUSE...

ELLE DOIT ÊTRE...
MORTE, DÉSORMAIS.
AAAAA
HMM?
AAHHH !!
?!
QU'EST-CE QUI SE PASSE ?

ALLLLLEZ !!
SCRONCH
PAAF
GRAAAA
PAS
OUTUS DE
BATTRE
UNE
FEMME
?!
YAAAH !
AH...
OUPS

ARRÊTEZ !
ARRÊTEZ-VOUS !
PSST
PSST
...

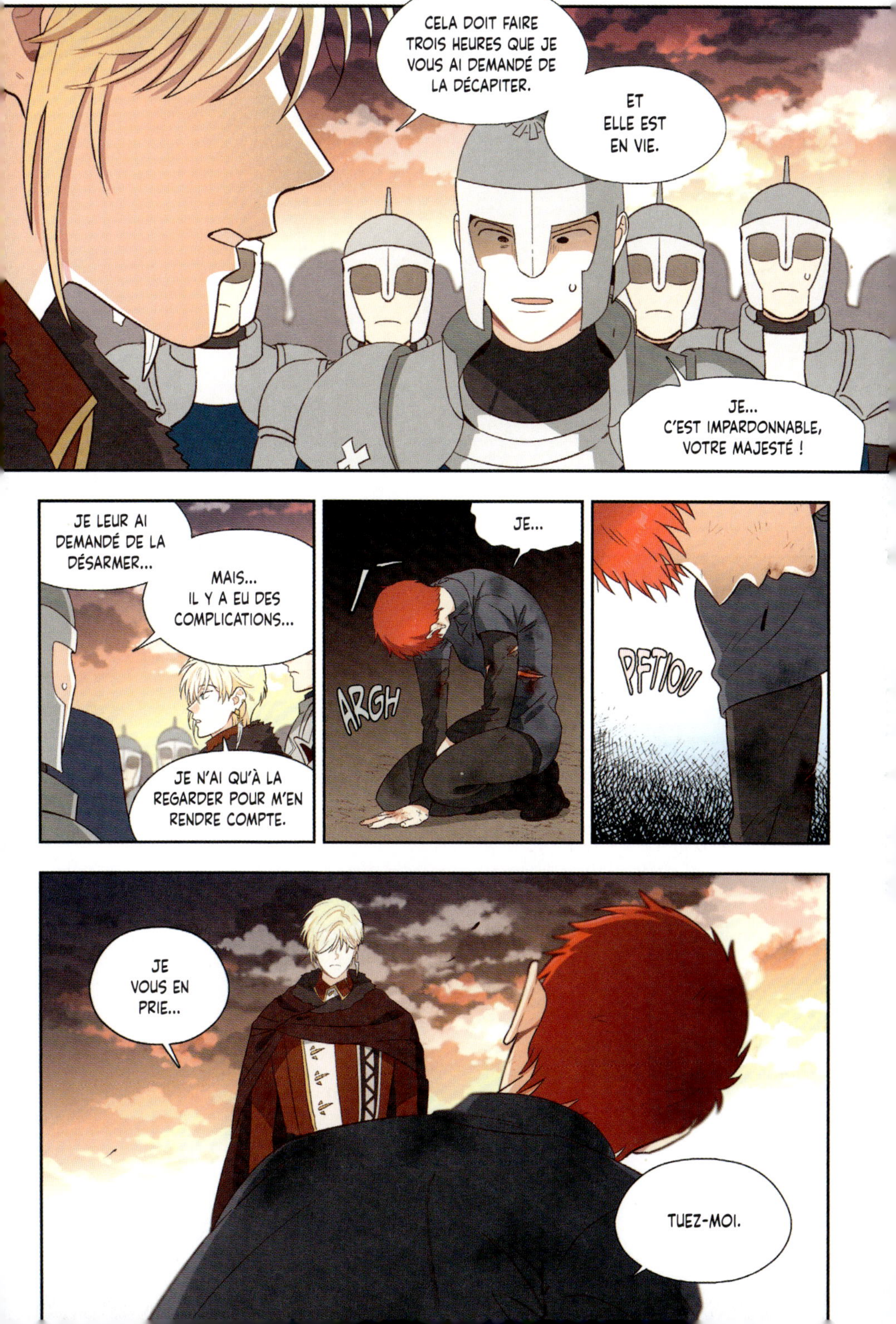
CELA DOIT FAIRE TROIS HEURES QUE JE VOUS AI DEMANDÉ DE LA DÉCAPITER.
ET ELLE EST EN VIE.
JE... C'EST IMPARDONNABLE, VOTRE MAJESTÉ !
JE LEUR AI DEMANDÉ DE LA DÉSARMER...
MAIS... IL Y A EU DES COMPLICATIONS...
JE N'AI QU'À LA REGARDER POUR M'EN RENDRE COMPTE.
JE...
ARGH
PFTIOU
JE VOUS EN PRIE...
TUEZ-MOI.

JE VOUS EN PRIE...
LAISSEZ-MOI MOURIR EN SOLDAT.
...
JE SUIS NAVRÉ, MAIS...
JE NE PEUX PAS T'ACCORDER CETTE FAVEUR.

Chapitre 2

Un nouveau nom,
un nouveau rêve

L'Armure et la Couronne

L'armure et la couronne

JE SUIS NAVRÉ, MAIS...
JE NE PEUX PAS T'ACCORDER CETTE FAVEUR.
IL VA L'ÉPARGNER ?!
URGH
ALORS...
ACCEPTERAIS-TU...

DE ME PRÊTER ALLÉGEANCE COMME CHEVALIER ?

HEIN ?!
PSST
PSST
PSST
TU AS COMBATTU MES HOMMES PENDANT TROIS HEURES.
TOI, UNE FEMME, ET SANS ARMURE.
AUCUN HOMME N'AURAIT TENU SI LONGTEMPS.
BELLE PERFOR-MANCE.
PSST
PSST
QUOI...?

VOTRE MAJESTÉ !
JE VIENS DE LIRE TOUS LES RAPPORTS TE CONCERNANT. TU AS BEAUCOUP DE TALENT !
UN JUGEMENT MESURÉ, UNE COMPRÉHENSION ÉCLAIRÉE DE CHAQUE SITUATION, L'ABSENCE DE PEUR FACE AU DANGER OU À LA DÉFAITE, DE LA COMPASSION POUR TES HOMMES...TU AS TOUT POUR ÊTRE UN BON COMMANDANT.
QU'EST-CE QUI SE PASSE, LÀ ?
J'ÉTAIS PAS EN TRAIN DE ME BATTRE COMME UN DÉMON, À L'INSTANT ?
JE VOIS, J'AI PRIS UN COUP SUR LA TÊTE ET JE DÉLIRE.
EUH...
POURQUOI CELA ?
JE T'AI DÉJÀ DIT QUE TU RÉDIGEAIS CES RAPPORTS POUR RIEN, NON ?
CE N'EST PAS ÉVIDENT ?
QU'EST-CE QU'UNE FEMME Y CONNAÎT EN STRATÉGIE ?

COMBIEN DE FOIS AS-TU LU LES TRAITÉS D'URSHER SUR LA TACTIQUE MILITAIRE ?
ET IL ME SEMBLE QUE TU AS MÉMORISÉ L'INTÉGRALITÉ DE "L'IMPORTANCE DU RAVITAILLEMENT EN TEMPS DE GUERRE" DE PHILHELM, N'EST-CE PAS ?
ÉTUDIE L'ART DE LA GUERRE.
ACCEPTERAIS-TU DE ME SERVIR COMME CHEVALIER ?

EST-CE QUE VOUS...
VOUS MOQUEZ DE MOI ?
J'AIME CEUX QUI SE DONNENT DU MAL.
CAR, MOI AUSSI, JE ME DONNE DU MAL.
ET J'AI L'IMPRESSION QUE TU TE BATS EN VAIN.

BLA
BLA
SE DONNER DU MAL...
J'AI UN RÊVE.
POURSUIVRE MON AVANCÉE VERS LE SUD, UNIFIER LE CONTINENT ET EN DEVENIR LE PREMIER EMPEREUR !

JE ME SUIS TOUJOURS BATTU POUR ATTEINDRE CE BUT, ET JE NE CESSERAI PAS.
ALORS, ACCEPTES-TU...
DE ME SUIVRE JUSQU'AUX CONFINS DU MONDE ?
SE DONNER DU MAL...
VIVEMENT QU'ELLE MEURE AU COMBAT.
MÊME SI ELLE RESTE, ELLE NE SERA PAS D'UNE GRANDE UTILITÉ.
TU CROIS QUE LA GUERRE EST UNE BLAGUE ?
PITOYABLE !

C'EST BIEN LES FEMMES, ÇA !
ALORS, POURQUOI TE DÉMENER AUTANT ?
POURQUOI JE ME DÉMÈNE AUTANT ?
JE PRÉTENDAIS NE PAS SAVOIR, MAIS C'ÉTAIT POURTANT ÉVIDENT.
JE NE VOULAIS PAS QUE MA FAMILLE PUISSE VIVRE HEUREUSE APRÈS M'AVOIR ABANDONNÉE.

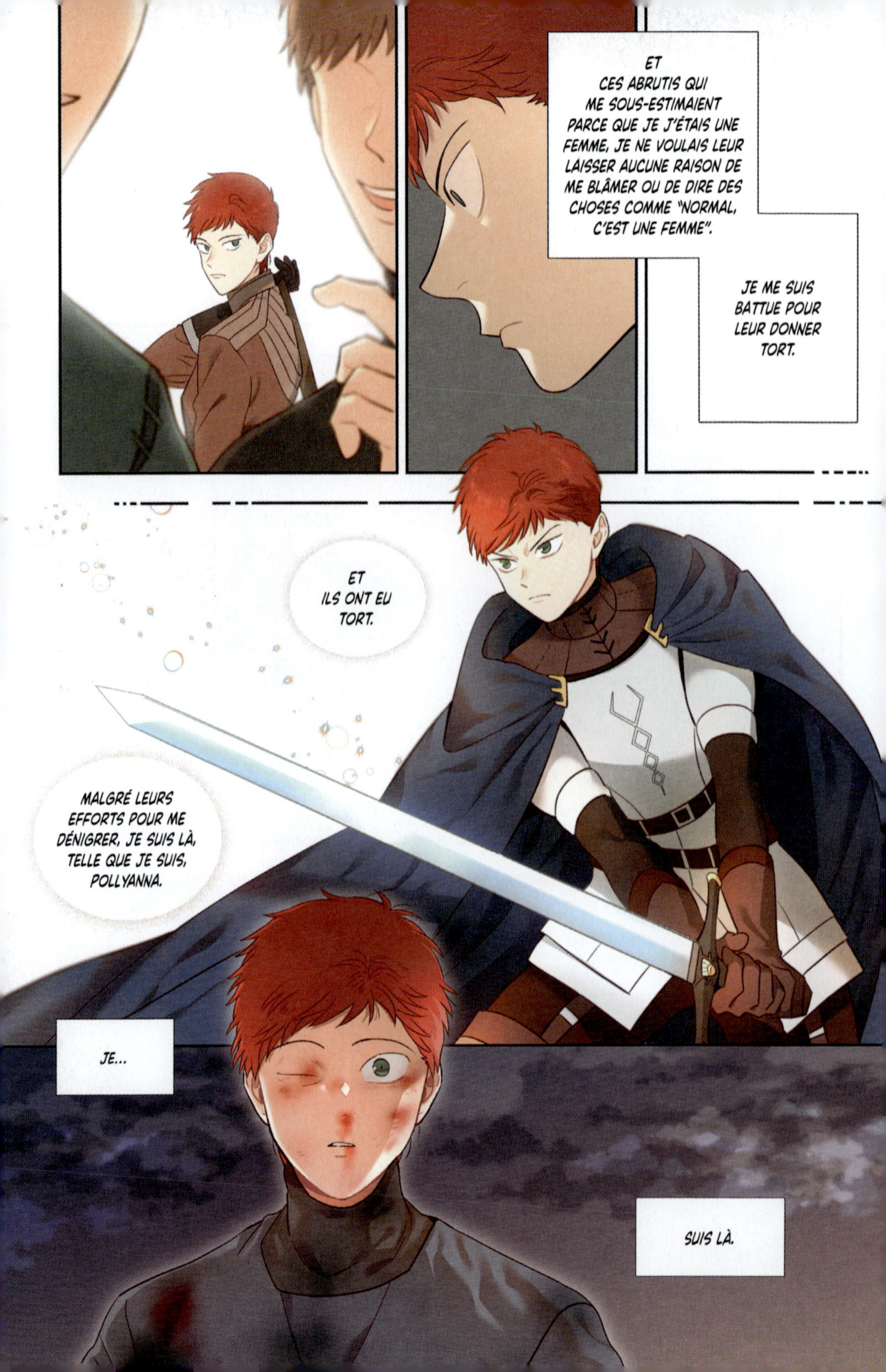
ET
CES ABRUTIS QUI ME SOUS-ESTIMAIENT PARCE QUE JE J'ÉTAIS UNE FEMME, JE NE VOULAIS LEUR LAISSER AUCUNE RAISON DE ME BLÂMER OU DE DIRE DES CHOSES COMME "NORMAL, C'EST UNE FEMME".
JE ME SUIS BATTUE POUR LEUR DONNER TORT.
ET ILS ONT EU TORT.
MALGRÉ LEURS EFFORTS POUR ME DÉNIGRER, JE SUIS LÀ, TELLE QUE JE SUIS, POLLYANNA.
JE...
SUIS LÀ.

REGARDEZ-MOI
TELLE QUE JE SUIS !
PSST
PSST
BLA
BLA

IL ME FAUT DES GENS COMME TOI. BEAUCOUP.

VAS-TU ENFIN...
RÉPONDRE À MON OFFRE ?

PSST
PSST
MAIS QU'EST-CE QUI TE PREND, LUXI ?
J'AI PRIS MA DÉCISION, NE CHERCHE PAS À T'Y OPPOSER, INO.
JE PEUX TE LAISSER UN TEMPS DE RÉFLEXION.
AAAH...
MOI...

AAAH...
S'IL VOUS PLAÎT...
DONNEZ-MOI UNE ÉPÉE !
OH !
QUELQU'UN, S'IL VOUS PLAÎT !
DONNEZ-MOI UNE ÉPÉE !

GARDES,
VITE !!
TAP
TAP
TAP

C'EST VRAI...
IL FUT UN TEMPS...
UN ÉCUYER DES CRENBELL ?
POLLYANNA CRENBELL...
FWISH
À VOS ORDRES, CHEF !
OÙ JE CHERCHAIS DÉSESPÉRÉMENT À SURVIVRE.
JE BOMBAIS LE TORSE ET GARDAIS LA TÊTE HAUTE DEVANT MON SUPÉRIEUR.

ATTENDS... POLLYANNA ?
C'EST PAS VRAI !
UNE PAUVRE GAMINE ?

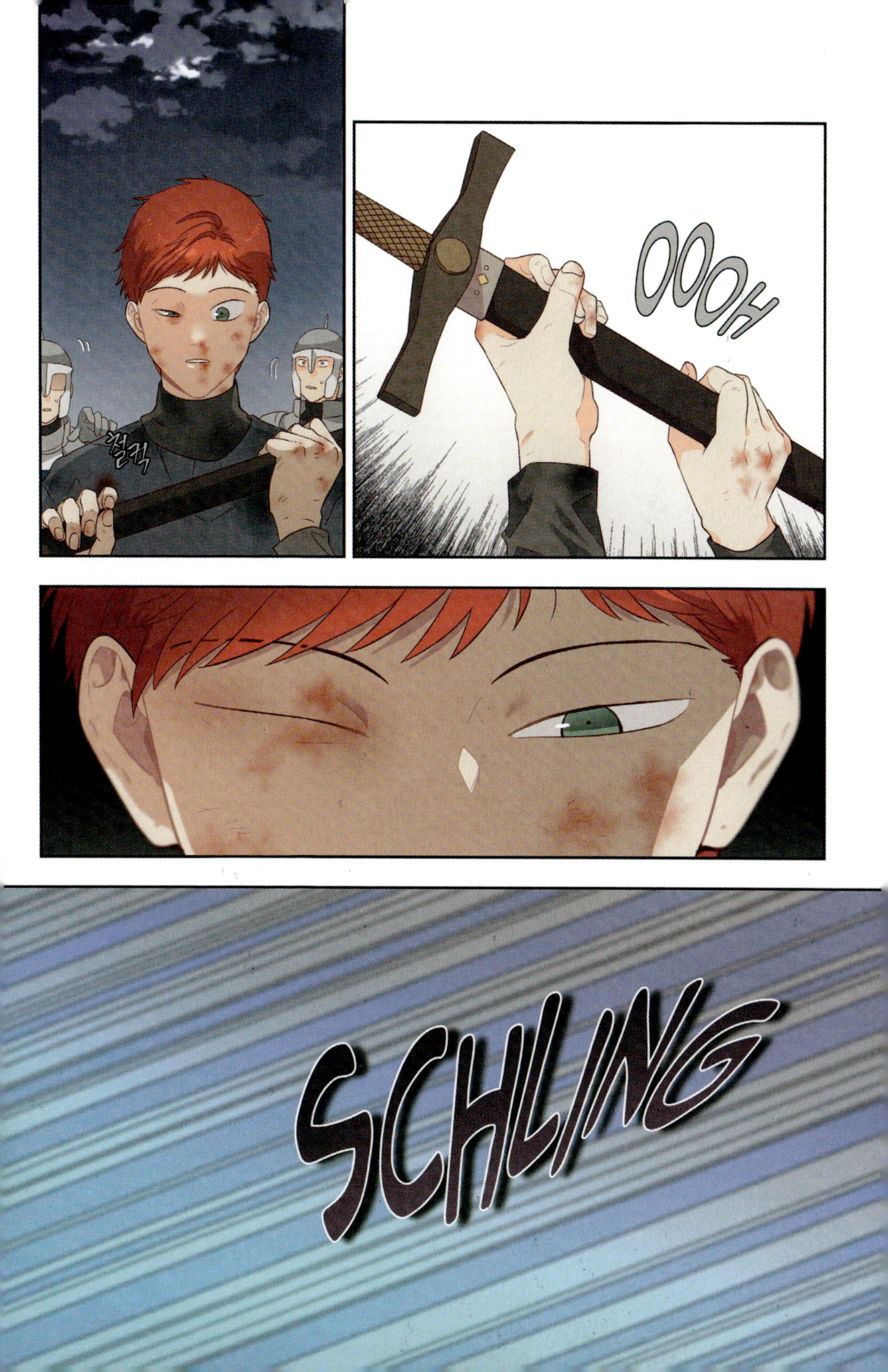
철컥
OOOH
SCHLING

TCHAC

JE NE VOUS TRAHIRAI JAMAIS ET DEVIENDRAI VOTRE OMBRE.
JE NE FAILLIRAI PAS ET DÉFENDRAI TOUJOURS VOTRE HONNEUR.
PSST
PSST
MÊME SI CELA SIGNIFIE ME JETER DANS UN GOUFFRE MORTEL, JE SACRIFIERAI VOLONTIERS MA VIE POUR VOUS, MON ROI.

MOI, POLLYANNA...
JURE MA LOYAUTÉ AU ROI D'ACRÉA.
JE SUIS LUXOS, PREMIER DU NOM, ROI D'ACRÉA.
LE SEUL ET UNIQUE ROI QUI UNIFIERA CE CONTINENT ET RÈGNERA COMME EMPEREUR.

JE TE FAIS CHEVALIER.
SOUHAITES-TU CONSERVER TON NOM DE FAMILLE ?
SI SEULEMENT JE POUVAIS ME DÉBARRASSER DE TOI !
SI VOTRE MAJESTÉ SOUHAITE M'OFFRIR UN NOUVEAU NOM, CE SERAIT UN PRIVILÈGE DE LE PORTER POUR LE RESTE DE MA VIE.
PAR-FAIT !
UN NOUVEAU NOM POUR UN NOUVEAU DÉPART !
VOYONS...

BRRR
JE VOIS QUE TU TREMBLES DE FROID.
JE ME DOIS DE CÉLÉBRER CE JOUR FROID D'HIVER QUI M' OFFERT UN FORMIDAB NOUVEAU TALENT.

RELÈVE-TOI ET BRANDIS TON ÉPÉE !
EN CE JOUR, TU DEVIENS MON CHEVALIER, POLLYANNA WINTER !
VOTRE MAJESTÉ !!

HMPF
?!
ELLE PLEURE ?
AAAH
MALHEUR SI JE PLEURE, MALHEUR SI JE NE LE FAIS PAS...
HOP
EN UN JOUR COMME AUJOURD'HUI...
JE NE PLEURERAI PAS !

L'Armure et la Couronne

L'armure et la couronne

CRIIK
HAAA...
JE VOUS EN PRIE, REPENSEZ-Y, VOTRE MAJESTÉ !
ÇA N'A PAS DE SENS. ENRÔLER UN SOLDAT ENNEMI ? ET UNE FEMME, DE SURCROÎT ?
JE CONTRÔLERAI BIENTÔT TOUT CE CONTINENT.
ELLE A QUITTÉ UN ROYAUME VOUÉ À DISPARAÎTRE. SA PLACE EST BIEN PARMI NOUS.
VOTRE MAJESTÉ !

ELLE A TOURNÉ LE DOS À SA PATRIE.
RIEN NE NOUS DIT QU'ELLE NE FERA PAS DE MÊME AVEC ACRÉA, SI CELA SERT SON INTÉRÊT.
À NOUS DE FAIRE EN SORTE QU'ELLE PRÉFÈRE RESTER AVEC NOUS.
MAIS...
HOP
VOUS PERSISTEZ ?
LE VŒU DE LOYAUTÉ QUE J'AI FAIT, MOI, LE ROI...
NE S'APPLIQUERAIT PAS À ELLE ?
JE VEUX DIRE...
NON, C'EST...
CE N'EST PAS CE QUE JE VOULAIS DIRE !

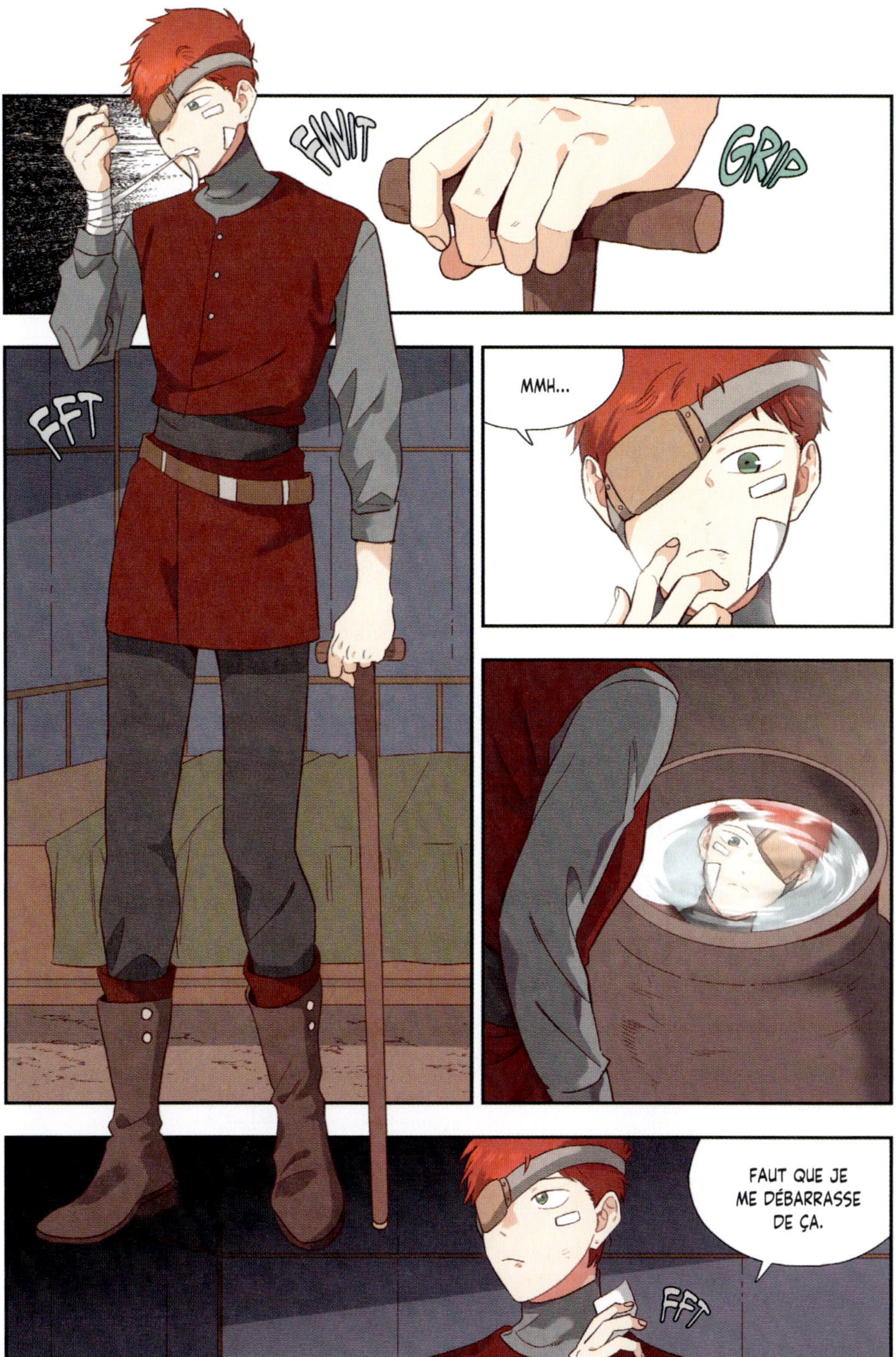
FWIT
GRIP
FFT
MMH...
FAUT QUE JE ME DÉBARRASSE DE ÇA.
FFT

PLUSIEURS JOURS SE SONT ÉCOULÉS DEPUIS QUE J'AI REJOINT L'ARMÉE ACRÉENNE.
TAP
CONVALESCENTE, JE N'AI ENCORE RIEN PU FAIRE DE CONCRET.
BLA
BLA
PSST
PSST
HMM?
AH... EUH...
EUH...
JE COMMENCE À COMPRENDRE COMMENT ÇA FONCTIONNE ICI.
L'ARMÉE EHASIENNE EST COMPOSÉE DE QUATRE CORPS.
EHAS
COMMANDANT DE BATAILLON
CHEF DE COMPAGNIE
CHEF DE SECTION
SOLDATS
ACRÉA
ALORS QUE L'ARMÉE ACRÉENNE N'EN COMPREND QUE TROIS.
CENTURION
DÉCURION
SOLDATS

EN RÉDUISANT LE NOMBRE DE CORPS INTERMÉDIAIRES, LA CHAÎNE DE COMMANDE EST PLUS DIRECTE, LA COMMUNICATION, PLUS RAPIDE.
ET ILS ONT ÉGALEMENT...
AH !
GRRR
CONDAMNÉS À L'EXIL
UN RÈGLE-MENT BIEN PLUS SÉVÈRE.
DANS L'ARMÉE EHASIENNE, L'APPLICATION DES RÈGLES POUVAIT VARIER EN FONCTION DE L'INTERPRÉTATION DONNÉE AUX ORDRES.
PAS ÉTONNANT QU'ILS AIENT PERDU.
DE PLUS, LE RECRUTEMENT EST BIEN PLUS STRICT.
ACCEPTES-TU DE ME SERVIR COMME CHEVALIER ?
TAP

VOTRE MAJESTÉ...
VOUS AVEZ FAIT APPEL À MOI, POLLYANNA WINTER.
TAC
QUEL GENRE DE ROI...
LAISSERAIT UN CHEVALIER ISSU DES TROUPES ENNEMIES ASSISTER À UN CONSEIL DE GUERRE ?
BIENVENUE.
BLING
IL A L'AIR EN PLEINE FORME AUJOURD'HUI AUSSI.

TSS
TSS
TAP
TAP
KOFAI
UKACHI
HMM?

EHAS
SA MAJESTÉ A REQUIS VOTRE PRÉSENCE AU CONSEIL DE GUERRE.
IL SOUHAITE VOTRE ÉVALUATION DE LA SITUATION AVANT DE LANCER L'ASSAUT SUR LE CHÂTEAU ROYAL D'EHAS.
EHAS...
HMM
MA PATRIE, MA TERRE NATALE...
TAC
JE VAIS...
VOS ESPIONS SAVENT CERTAINEMENT DÉJÀ TOUT CE QUE JE SAIS.
KOFAI
ALORS JE VAIS VOUS MONTRER COMMENT UTILISER AU MIEUX CES INFORMATIONS.
TOUT DÉTRUIRE !

IL PARAÎT QUE LA FEMME-CHEVALIER D'EHAS A ÉTÉ CONVOQUÉE AU CONSEIL DE GUERRE.
IMPRESSIONNANT, NON ? UN CHEVALIER AU CONSEIL DE GUERRE !
SHLING
EUH ?
ET ALORS ?
ELLE FAISAIT PARTIE DU CAMP ENNEMI. ELLE DOIT JUSTE SERVIR DE SOURCE D'INFORMATIONS. ON DEVRAIT S'EN DÉBARRASSER AU PLUS VITE !
DEUXIÈME FILS DU SEIGNEUR BAUFALO, DONAU.
DEPUIS QUAND ON ADMET UNE FEMME AU CONSEIL DE GUERRE ?
VRAI-MENT ?

C'EST CE QU'A DIT LE SEIGNEUR BAUFALO ?
PAS EXACTEMENT.
FERME-LA ET MANGE TA RATION !
AAAAH !
PEU M'IMPORTE DE N'ÊTRE QU'UNE INFORMATRICE...
OU D'ÊTRE JETÉE COMME UNE VIEILLE CHAUSSETTE PAR LA SUITE...
C'EST TOUJOURS MIEUX QUE DE PASSER LE RESTE DE MA VIE DANS UNE GUERRE SANS FIN.
EN CE MOMENT, JE PEUX PARTICIPER À QUELQUE CHOSE DE BIEN PLUS AMBITIEUX QUE TOUT CE QUE J'AVAIS PU IMAGINER.

PEU M'IMPORTE DE
N'ÊTRE QU'UNE SOURCE
D'INFORMATIONS...
VOICI DONC MES
PROPOSITIONS.

EXCELLENT TRAVAIL. MERCI D'ÊTRE VENUE MALGRÉ TES BLESSURES.
WIP
C'EST UN HONNEUR.
TU PEUX ALLER TE REPOSER.
C'EST TOUT ? NON...
JE SUIS SÛRE DE POUVOIR ÊTRE PLUS UTILE QUE ÇA...
IL Y A UNE CHOSE QUE J'AI EN TÊTE DEPUIS LONGTEMPS, SANS PERSONNE POUR M'ÉCOUTER...
PUIS-JE SUGGÉRER AUTRE CHOSE ?
QUOI DONC ?
AVEZ-VOUS UNE CARTE DE CUKDA ?
PSST
PSST
J'AI UN PLAN...
QUI VOUS PERMETTRAIT DE CONQUÉRIR EN MÊME TEMPS EHAS ET CUKDA !

L'Armure et la Couronne

L'armure et la couronne

CE QUE JE PENSE DE POLLYANNA WINTER ?
CAPITAINE DE LA GARDE ROYALE, AINO SEKI
ELLE A ÉTÉ NOTRE ENNEMIE. ON NE DEVRAIT PAS LA GARDER !
ELLE N'EST PAS SI DOUÉE À L'ÉPÉE, MAIS ELLE MAÎTRISE BIEN LA STRATÉGIE MILITAIRE.
TOUTEFOIS, ELLE N'A PAS VRAIMENT L'AIR D'UN GUERRIER, ET ME DEMANDE COMMENT ELLE POURRA SURVIVRE À CETTE GUERRE.
CAPITAINE DE LA COMPAGNIE D'ORDONNANCE, BAUFALO LEBOUGH
J'AIMERAIS AJOUTER QUELQUE CHOSE !
C'EST UNE FEMME. JE PENSE QU'ELLE EST HYSTÉRIQUE !
BADOUM
SON DEUXIÈME FILS, DONAU LEBOUGH
BIEN...
MON OPINION VOUS INTÉRESSE-T-ELLE ?
COMMANDANT D'INFANTERIE, LEVY VIKAR
COMMANDANT EN SECOND, VENTIER CEIZIER
JE NE L'APPRÉCIE PAS.
VOUS ME DEMANDEZ MON AVIS ? C'EST BIEN LA PREMIÈRE FOIS.
SCRIBE DE SECONDE CLASSE, MOMO

PUIS-JE VOUS DEMANDER VOTRE OPINION, VOTRE MAJESTÉ ?
ELLE EST TRÈS TALENTUEUSE.
WOUUSH

SA MAJESTÉ CHERCHE À SAVOIR L'IDÉE QU'ON SE FAIT DE POLLYANNA WINTER.
TU VEUX DIRE NOTRE OPINION SUR ELLE ? IL M'A INTERROGÉ, EN EFFET.
JE SUIS SÛR QUE C'EST À CAUSE DE LA STRATÉGIE QU'ELLE A PROPOSÉ LORS DU DERNIER CONSEIL.
SA MAJESTÉ A DÛ APPRÉCIER. C'EST POUR CELA QU'IL SOUHAITE SAVOIR SI NOUS SOMMES PRÊTS À LE SUIVRE SANS OBJECTIONS.
TU PARLES DE CETTE IDÉE RIDICULE DE CONQUÉRIR EHAS ET CUKDA EN MÊME TEMPS ?
ELLE BLUFFE. J'AURAIS PU SUGGÉRER LA MÊME CHOSE.
À CE MOMENT-LÀ, POURQUOI NE PAS ATTAQUER ET CONQUÉRIR TOUT LE CONTINENT ?
DISONS QUE CE GENRE DE STRATÉGIE DÉPEND BEAUCOUP DE LA FAÇON DONT ON LA MET EN ŒUVRE.
CE QUI M'ENNUIE, C'EST QUE MALGRÉ LE RISQUE ÉLEVÉ, IL EST POSSIBLE QUE NOUS AYONS À LA SUIVRE.
J'AI DU MAL À CROIRE QUE SA MAJESTÉ AIT PRÊTÉ TANT D'ATTENTION AU PLAN D'UN TRAÎTRE À SA PATRIE.
CUKDA
COMME CHAQUE HIVER, EHAS ET CUKDA ONT LANCÉ LES HOSTILITÉS L'UN CONTRE L'AUTRE.

MAIS CETTE ANNÉE, LA DONNE EST DIFFÉRENTE, AVEC L'IRRUPTION SOUDAINE D'ACRÉA DANS LE CONFLIT.
SUITE À L'ATTAQUE SOUDAINE ET PUISSANTE D'ACRÉA CONTRE EHAS, CUKDA EST CLAIREMENT EN PLEINE CONFUSION.
ILS N'ONT AUCUNE EXPÉRIENCE EN TACTIQUE MILITAIRE, EN DEHORS DES COMBATS DE POSITION CONTRE EHAS.
ILS VONT SANS DOUTE SE PRÉPARER À LA REVANCHE PENDANT QUE VOUS ATTAQUEREZ EHAS.
NE LEUR LAISSEZ PAS LE TEMPS DE SE PRÉPARER !
ELLE EST ÉLOQUENTE, C'EST ÉVIDENT.
VOUS SEMBLEZ PRESQUE CONVAINCU, SEIGNEUR VENTIER ?

POUR LE MOMENT, ELLE NE PEUT PAS ALLER SUR LE FRONT À CAUSE DE SES BLESSURES, ET ELLE N'A ÉTÉ ASSIGNÉE À AUCUNE SECTION.
POURQUOI NE PAS ÉCOUTER SON POINT DE VUE ?
SA MAJESTÉ ELLE-MÊME EST UN GRAND STRATÈGE. IL PRENDRA LA BONNE DÉCISION.
SI TU LE DIS.
ET UNE FOIS EHAS CONQUIS...
SI NOUS LAISSONS POLLYANNA WINTER RÉGNER SUR SA TERRE NATALE, NOUS NE L'AURONS PLUS DANS LES PATTES.

DONC, TU NE SOUHAITES PAS T'OPPOSER À ELLE MAINTENANT, MAIS T'EN DÉBARRASSER À LA FIN, C'EST ÇA ?
JE NE LA VEUX PLUS ICI LE MOMENT VENU.
J'AIME CE PLAN.
OUAIS.
CLANG
IL N'Y A RIEN À FAIRE POUR UNE SOLDATE...
QUAND ELLE EST BLESSÉE ET SANS AFFECTATION.
ELLE DOIT JUSTE ATTENDRE D'ÊTRE RÉTABLIE.
ÇA RISQUE DE SE ROUVRIR. JE NE PEUX PAS M'ENTRAÎNER.
MAIS JE SENS QUE MON CORPS PERD EN VIVACITÉ.
J'IGNORE ENCORE À QUELLE SECTION JE SERAI ASSIGNÉE. JE POURRAIS FAIRE UN TOUR, POUR VOIR COMMENT ÇA SE PASSE.
PEUT-ÊTRE QUE JE POURRAIS ME RENDRE UTILE.

PLUS D'UNE SEMAINE S'EST ÉCOULÉE DEPUIS MON CONFINEMENT AU CAMP POUR RÉCUPÉRER.
POM
IL SEMBLE QUE LA CONFUSION QUI A ENVAHI L'ARMÉE ACRÉENNE SUITE À L'INTÉGRATION D'UN ENNEMI ET FEMME-CHEVALIER DE SURCROIT, SE SOIT PLUS OU MOINS ESTOMPÉE.
C'EST POLLYANNA WINTER.
BLA
BLA
C'EST ELLE...
UNE FEMME ? SÉRIEUX ?
ON A PAS BESOIN DE TON AIDE !
NON
INFANTERIE
...
ON EST PAS SURCHARGÉS.
NON
GARDE
NON...
INUTILE DE NOUS AIDER.
HA HA
CORPS MÉDICAL
SANS SURPRISE, PERSONNE NE VOULUT D'ELLE.
BON...
ON DIRAIT QUE PERSONNE N'A BESOIN D'AIDE, MAIS VOUS N'AURIEZ PAS UN TRAVAIL MANUEL À ME CONFIER ?

DU TRAVAIL ?
COMPAGNIE D'INTENDANCE
TU TOMBES BIEN, LA PAUSE DÉJEUNER APPROCHE.
POURQUOI TU NE CUISINERAIS PAS POUR NOUS ?
VOUS ME DEMANDEZ DE CUISINER PARCE QUE JE SUIS UNE FEMME ?
NON, JE VOUDRAIS JUSTE AVOIR UN REPAS MANGEABLE, POUR UNE FOIS.
DONC, C'EST PARCE QUE JE SUIS UNE FEMME.
JE VOUDRAIS LUI DIRE QUE C'EST DE LA DISCRIMINATION, MAIS EN TANT QUE CHEVALIER, JE DOIS OBÉIR À MON SUPÉRIEUR.
AU MOINS, JE POURRAI UTILISER MES MUSCLES.
FRSH
CLAC
CLA
CLAC
DÉCOUPE GROSSIÈRE
POURQUOI DES USTENSILES ?
CRAC

AUDACIEUSE CUISINIÈRE...
PLOUF
PLOUF
SEIGNEUR BAUFALO, QUAND ÇA SERA PRÊT, JE POURRAI EN AVOIR UN PEU ?
TU AURAS MES RESTES.
IL EST VENU POUR MANGER ALORS QU'IL N'A PAS VOULU DE MON AIDE ?
BLUB
BLUB
SLURP
JE CROIS QUE C'EST PRÊT.
GOÛTONS ÇA.

SLURP

BEEUURK

PEUHA
PEUHA
?!
C'EST PASSÉ DANS LE MAUVAIS TROU ?
REFAIS... ÇA...
PARDON, MONSIEUR ?
DADAM
REFAIS-MOI ÇA ! QUE CE SOIT AU MOINS MANGEABLE !
TU CROIS QU'ON PEUT SE PERMETTRE DE GASPILLER LA NOURRITURE COMME ÇA ?
BIEN FAIT POUR TOI.

JE VAIS CORRIGER ÇA, MONSIEUR.
QUANT À TOI, DONAU LEBOUGH !
HOP
OUI, CHEF !
JE NE PEUX PAS ME FIER AUX GOÛTS DE POLLYANNA.
FWIT
VA L'AIDER !
HEIIIIIN ?
QUOI ?
N'OUBLIE PAS QU'ELLE EST CHEVALIER. TA SUPÉRIEURE.
FAIS ATTENTION À TOI.

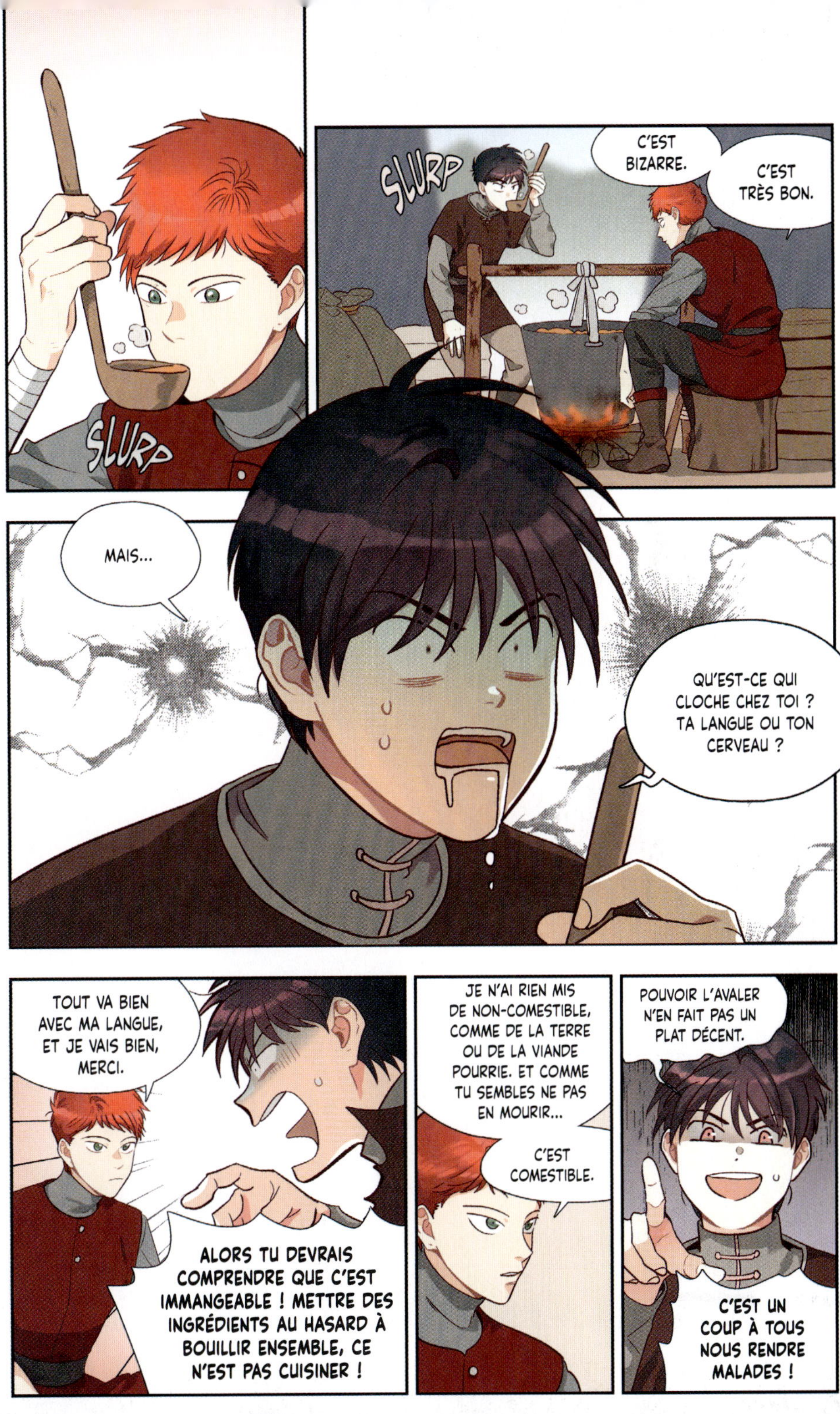
SLURP
SLURP
C'EST BIZARRE.
C'EST TRÈS BON.
MAIS...
QU'EST-CE QUI CLOCHE CHEZ TOI ? TA LANGUE OU TON CERVEAU ?
TOUT VA BIEN AVEC MA LANGUE, ET JE VAIS BIEN, MERCI.
ALORS TU DEVRAIS COMPRENDRE QUE C'EST IMMANGEABLE ! METTRE DES INGRÉDIENTS AU HASARD À BOUILLIR ENSEMBLE, CE N'EST PAS CUISINER !
JE N'AI RIEN MIS DE NON-COMESTIBLE, COMME DE LA TERRE OU DE LA VIANDE POURRIE. ET COMME TU SEMBLES NE PAS EN MOURIR...
C'EST COMESTIBLE.
POUVOIR L'AVALER N'EN FAIT PAS UN PLAT DÉCENT.
C'EST UN COUP À TOUS NOUS RENDRE MALADES !

COMMENT OSE-T-IL ME PARLER AINSI ?
QUEL ÉTAIT SON NOM DÉJÀ ?
"DONAU LEBOUGH ! VA L'AIDER !"
C'EST PAS VRAI !
POURQUOI JE DOIS T'AIDER POUR QUELQUE CHOSE CHOSE D'AUSSI STUPIDE ?
D'APRÈS SON UNIFORME, IL N'EST PAS CHEVALIER, JUSTE ÉCUYER.
NÉANMOINS, C'EST UN LEBOUGH, IL DOIT DONC APPARTENIR À LA FAMILLE DU SEIGNEUR BAUFALO.
TU ES PROTÉGÉ PAR TA FAMILLE, HEIN ?
GLOU
GLOU
EH, TOI !
VA ME CHERCHER DE L'EAU POTABLE AUX BARAQUEMENTS !
TU ME DONNES DES ORDRES ?

POURQUOI ? ÇA T'ÉNERVE ?
J'ESSAYE DE T'AIDER À RECTIFIER TES ERREURS. TU NE LE VOIS PAS ?
TOUT À FAIT. LE CAPITAINE DE LA COMPAGNIE A DIT...
QUE TU DEVAIS "M'AIDER", MOI, TA SUPÉRIEURE.
DOUUM
QUE ÇA TE PLAISE OU NON, J'AI ÉTÉ ADOUBÉE PAR SA MAJESTÉ.
ME FAIS PAS RIRE ! TU N'ES PAS UN VRAI CHEVALIER !
MÊME SI JE N'AI TOUJOURS PAS D'ASSIGNATION...
JE PEUX TE PUNIR POUR INSUBORDINATION, SI TU CONTINUES À ME MANQUER DE RESPECT.
VAS-Y, ESSAYE.
TU CROIS QUE J'AI PEUR DE ME BATTRE CONTRE UNE FEMME ?

FWIP
HEIN ?
PAAM

AAAH
PUISQUE TU AS PLIÉ LE GENOU, J'EN DÉDUIS QUE TU VAS ME MONTRER PLUS DE RESPECT.
SWISH
PERSONNE NE T'Y A CONTRAINT, N'EST-CE PAS ? TU N'AS PAS ÉTÉ BATTU PAR UNE FEMME...
N'EST-CE PAS ?
ARGH!
HEIN ?!

GRAP
ESPÈCE DE...
JE SUIS DÉSOLÉ, SEIGNEUR POLLYANNA.
IL SEMBLE QUE MON FILS NE SACHE PAS TENIR SA LANGUE. JE VAIS LE RÉPRIMANDER.
P... PÈRE !
PÈRE, JE PEUX TOUT EXPLIQUER...
AINSI, C'ÉTAIT DONC SON FILS.
EXPLIQUER QUOI ? JE T'OBSERVAIS. JE T'AI VU LUI DONNER DES ORDRES !
VA DONC LA CHERCHER TOI-MÊME, CETTE EAU !
SLURP
C'EST MEILLEUR.

HOUHOUUU
JE ME RETIRE, VOTRE MAJESTÉ.
REPOSE-TOI.
OH, J'AI FAILLI OUBLIER...
J'AI INTERROGÉ QUELQUES CHEVALIERS AU SUJET DU SEIGNEUR POLLYANNA, COMME VOUS ME L'AVEZ DEMANDÉ.
ET SELON EUX...
"ELLE NE VAUT RIEN COMME CUISINIÈRE..."
SELON LA MAJORITÉ.

CUISINIÈRE ?
FWIT
C'EST CE QU'ON M'A DIT.
BONNE NUIT, VOTRE MAJESTÉ.
TAP
MMH...
J'ÉTAIS UN PEU INQUIET POUR ELLE, MAIS JE VOIS QU'ELLE S'OCCUPE.
DU COUP...
IL EST TEMPS DE METTRE EN ACTION...
LE PLAN DE POLLYANNA WINTER.

L'Armure et la Couronne

L'armure et la couronne

LA GUERRE ENLÈVE BEAUCOUP
À CEUX QU'ELLE RÉCLAME...

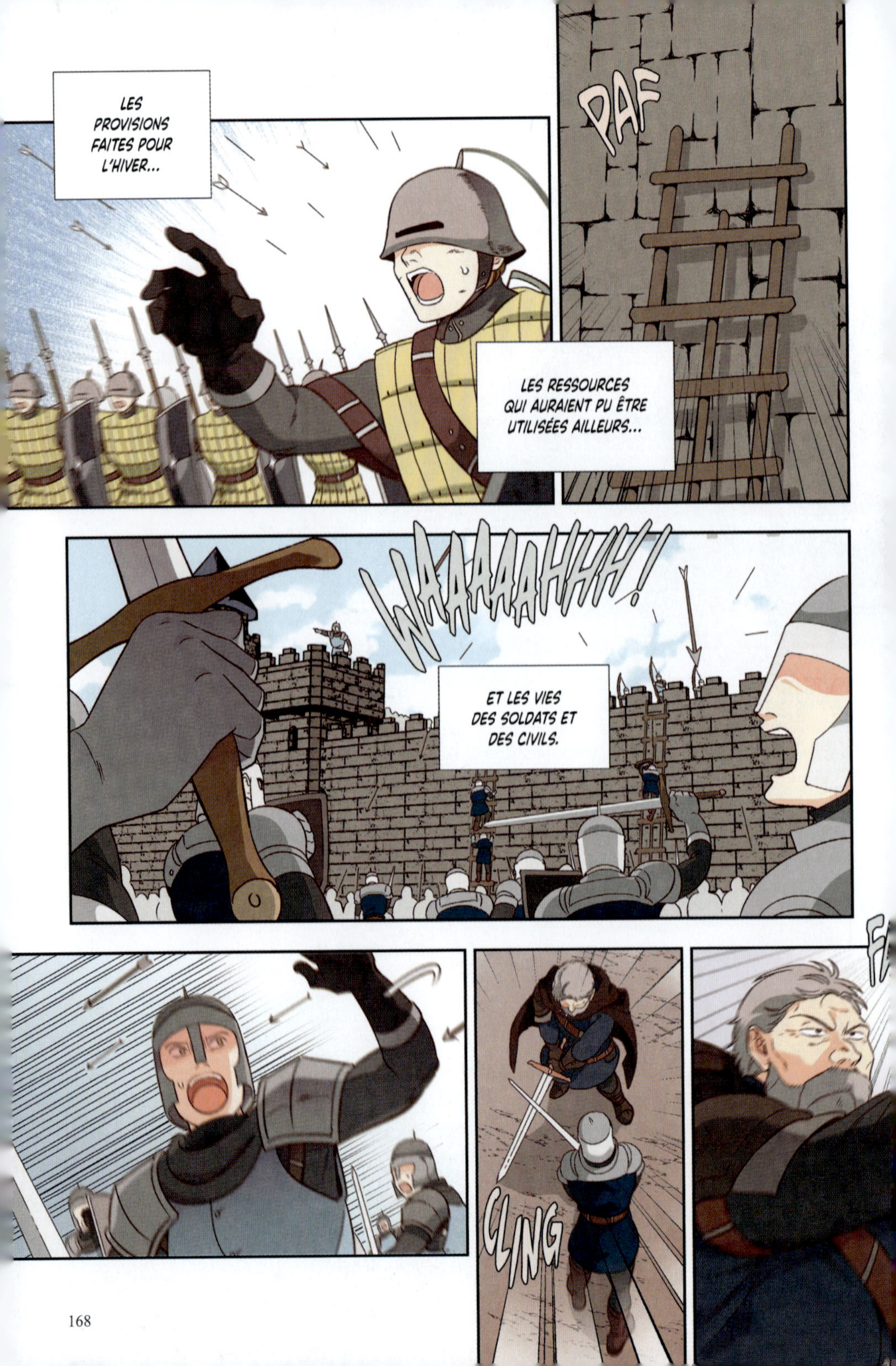
LES PROVISIONS FAITES POUR L'HIVER...
PAF
LES RESSOURCES QUI AURAIENT PU ÊTRE UTILISÉES AILLEURS...
WAAAAAHHH!
ET LES VIES DES SOLDATS ET DES CIVILS.
CLING

AAARG !
LA GUERRE EMPORTE TANT DE CHOSES PRÉCIEUSES.
ESPÉRONS...
QUE CE SOIT LE DERNIER COMBAT SUR LES TERRES D'EHAS.
SANS SURPRISE, ACRÉA L'EMPORTA.
CLING

ET PERSONNE, PAS MÊME CEUX QUI DOUTAIENT DE LA LOYAUTÉ D'UN CHEVALIER ENNEMI...
NE PUT NIER L'IMPORTANCE DE POLLYANNA DANS CETTE VICTOIRE ÉCLATANTE.

PRINTEMPS
PALAIS D'EHAS

HA
HA
HA
HA
HA

TAP

LES SOLDATS SONT HEUREUX ?
OUI, COMME VOUS LE SOUHAITIEZ, VOTRE MAJESTÉ.
ILS PROFITENT DU FESTIN.
ET IL SERAIT BON POUR VOUS DE PRENDRE UN PEU DE REPOS EN CE JOUR GLORIEUX. J'INSISTE.
MALHEUREUSEMENT, JE NE PEUX PAS. CECI N'EST QUE LE DÉBUT.
JE SAIS QUE TU AS BESOIN DE REPOS AUSSI, MAIS JE COMPTE SUR TA COMPRÉHENSION.
LES OFFICIERS DOIVENT ÊTRE D'AUTANT PLUS ATTENTIFS, EN CE MOMENT.
NE VOUS INQUIÉTEZ PAS VOTRE MAJESTÉ, NOUS GARDONS UN ŒIL SUR NOS SOLDATS.

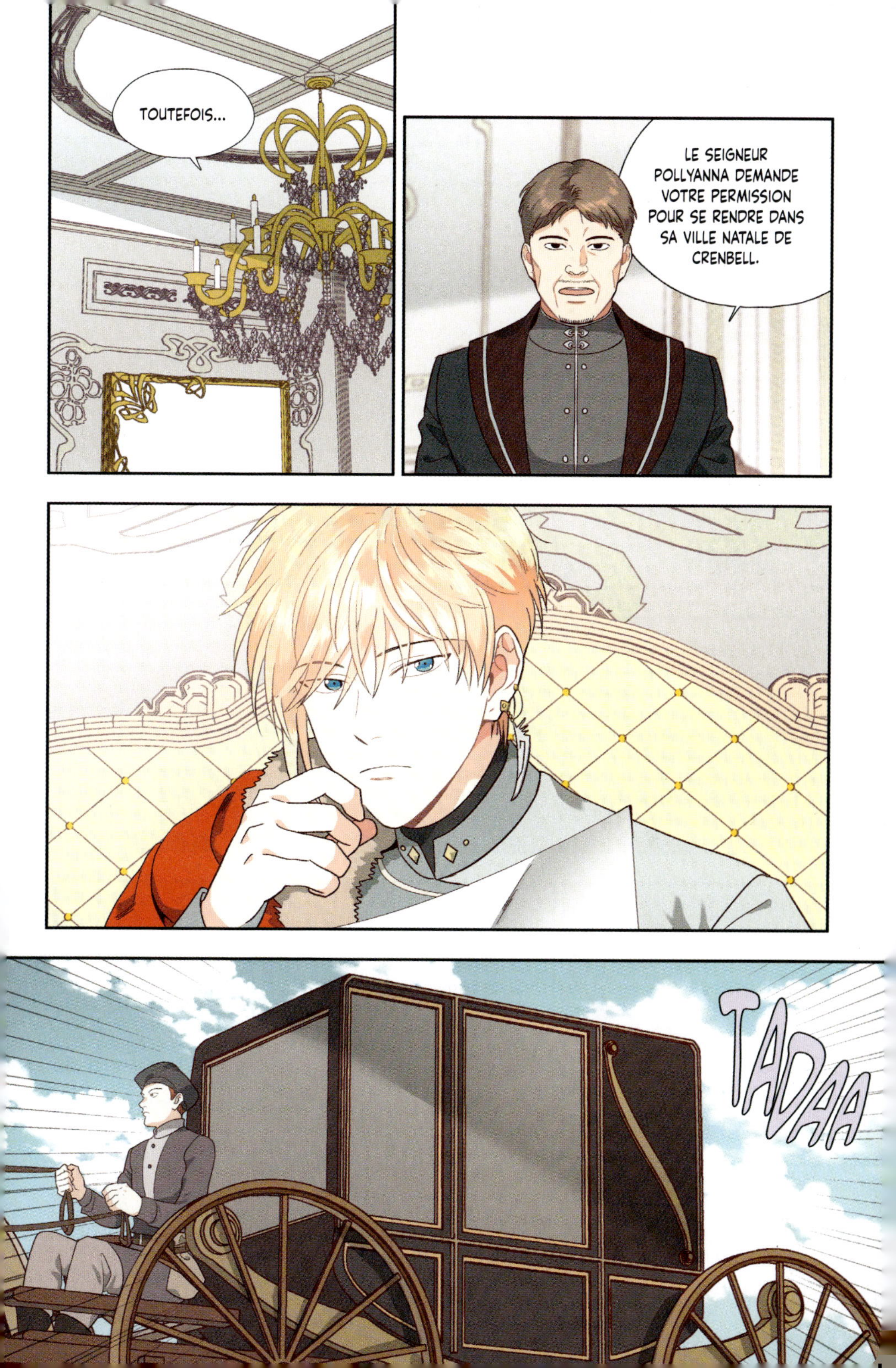
TOUTEFOIS...
LE SEIGNEUR POLLYANNA DEMANDE VOTRE PERMISSION POUR SE RENDRE DANS SA VILLE NATALE DE CRENBELL.
TADAA

HMM ?
C'EST QUOI, ÇA ?
VOUS N'AVIEZ JAMAIS VU DE VOITURE ? SA MAJESTÉ L'A MISE À VOTRE DISPOSITION POUR VOTRE SÉCURITÉ.
ON NE M'A JAMAIS PROPOSÉ UNE TELLE CHOSE AVANT.
IL SEMBLE QU'EHAS TRAITE SES SOLDATS BIEN MAL.
QUEL DOMMAGE...
JE RENTRERAI VITE.
J'ESPÈRE QUE TU TOMBERAS DANS UN FOSSÉ POUR Y MOURIR !
GRRR !
EH !
TAP
COMMENT OSES-TU ?

ELLE A JOUÉ SON RÔLE, VOTRE MAJESTÉ.
...
TU PARLES DU SEIGNEUR POLLYANNA ?
IL EST ÉVIDENT QUE NOUS AVONS OBTENU DE PRÉCIEUSES INFORMATIONS DE SA PART, PUISQU'ELLE AVAIT FAIT PARTIE DE L'ARMÉE D'EHAS.
MAIS JE DOUTE FORTEMENT QU'ELLE PUISSE ÊTRE D'UNE QUELCONQUE UTILITÉ DANS LES COMBATS À VENIR.
JE SUGGÈRE DE LA RÉCOMPENSER DÉCEMMENT ET DE LA LIBÉRER.
FLAP
UNE RÉCOMPENSE DÉCENTE...

NOUS POURRIONS LUI OFFRIR UN FIEF.
DONNEZ-LUI SA VILLE NATALE, VOTRE MAJESTÉ, POUR QU'ELLE PUISSE S'Y INSTALLER.
VICTORIEUSE D'UNE GUERRE ET HÉRITIÈRE D'UN FIEF ? QUE POURRAIT-ELLE ESPÉRER DE MIEUX, EN TANT QUE FEMME ?
ELLE LE COMPRENDRAIT AISÉMENT ET NOUS QUITTERAIT AVEC JOIE.
JE SUIS D'ACCORD AVEC LE SEIGNEUR AINO SUR LE FAIT DE LUI CONFIER UN FIEF...
MAIS POUR UNE TOUTE AUTRE RAISON.
ELLE EST ORIGINAIRE D'EHAS, ET LA PIRE CHOSE QUI PUISSE ARRIVER DANS UN PAYS CONQUIS EST UNE RÉVOLTE. SI ELLE CONTRÔLE LE PAYS, NOUS POURRONS ÉVITER CE GENRE D'INCIDENT.
MMH...

UN FIEF SUFFIRA. ON NE VA QUAND MÊME PAS LUI DONNER TOUT LE PAYS !
ELLE EST INTELLIGENTE ET FORTE. ELLE FERA CELA TRÈS BIEN.
MAIS...
DÉSORMAIS, J'AI UN RÊVE.
SI JE PEUX ME PERMETTRE, VOTRE MAJESTÉ.
SI LE CHEVALIER REFUSE VOTRE PRÉSENT ET INSISTE POUR RESTER À VOTRE SERVICE...
ACCEPTEREZ-VOUS SA REQUÊTE ?

QUELLE IDÉE...
TU ES BIEN TROP ROMANTIQUE !
ET SI NOUS FAISIONS UN PARI ?
NOUS SOMMES QUATRE ICI PRÉ-SENTS, C'EST PARFAIT.
JE PARTAGE LE MÊME AVIS QUE MOMO.
PARIONS DONC SUR LE CHOIX QUE FERA POLLYANNA : RESTER À EHAS, OU ME SERVIR.
JUSTE ENTRE NOUS QUATRE. QU'EN PENSEZ-VOUS ?

SI NOUS GAGNONS,
LUI RETIREREZ-VOUS SON
TITRE DE CHEVALIER ?
ENTENDU.
MAIS
SI MOMO
GAGNE...
VOUS DEVREZ
PRENDRE LE SEIGNEUR
POLLYANNA DANS VOTRE
SECTION COMME
SUBORDONNÉE.
DOU
UUM

JE COMPTE SUIVRE SA MAJESTÉ...
ET MARCHER SUR LES TERRES QUI SE TROUVENT AUX CONFINS DU MONDE.
JE REVIENDRAI VOUS VOIR À MON RETOUR.
WIP
TAP TAP

Chapitre 3

Un moment opportun

L'Armure et la Couronne

L'armure et la couronne

CE QUE JE SOUHAITE, C'EST SERVIR VOTRE MAJESTÉ ET VOUS SUIVRE JUSQU'AUX CONFINS DU MONDE !
JE NE VEUX PAS DE FIEF. JE VOUS DEMANDE DE ME GARDER À VOTRE SERVICE, VOTRE MAJESTÉ.

VOUS AVEZ TOUS ENTENDU ?

ELLE EN DEMANDE TROP.
?
TSS
TU CROIS ? ALORS MÊME QU'ELLE RENONCE À UN POSTE DE PRESTIGE ?
PEUT-ÊTRE AS-TU RAISON, INO...
MAIS UN PARI EST UN PARI.

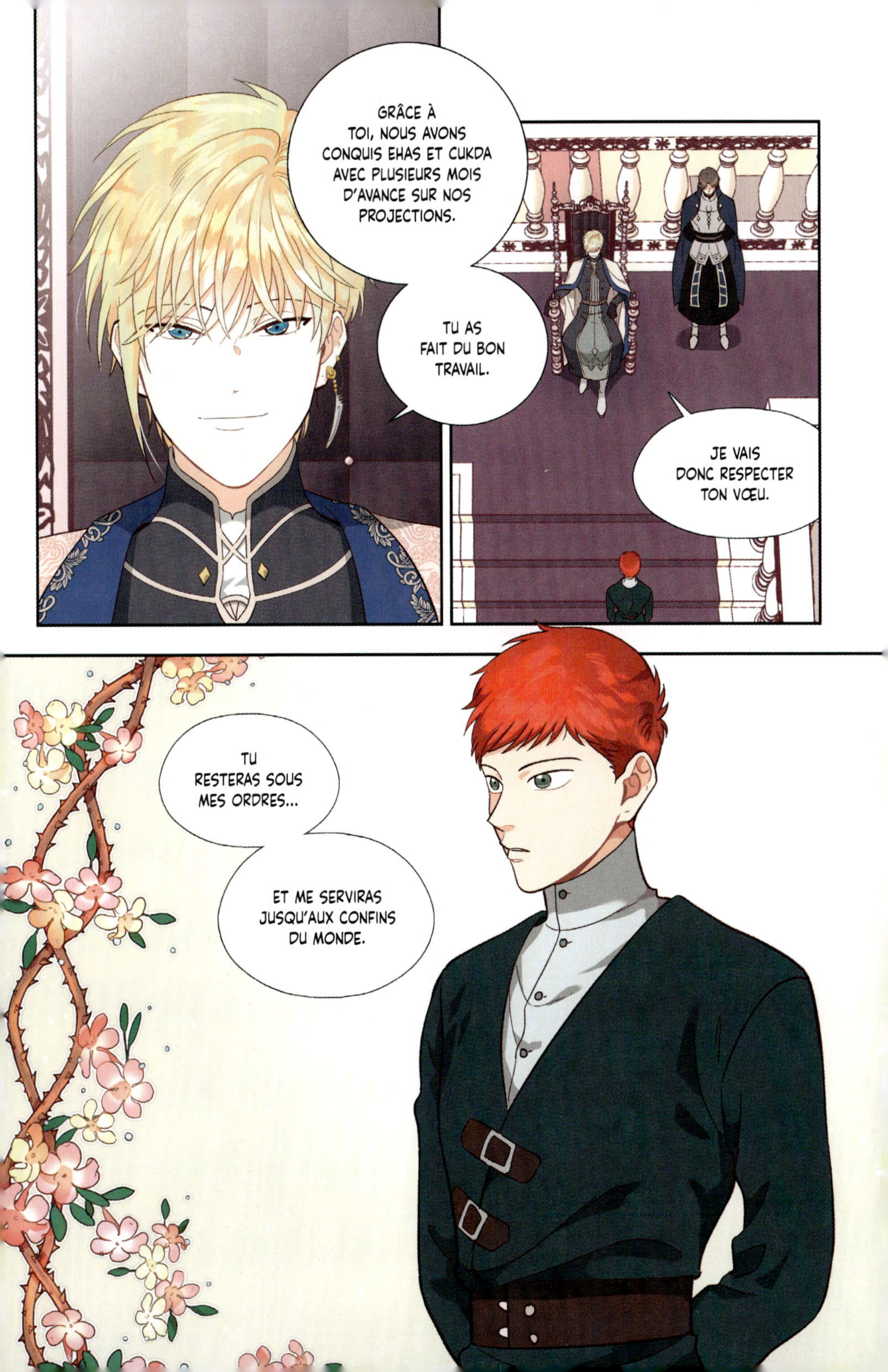
GRÂCE À TOI, NOUS AVONS CONQUIS EHAS ET CUKDA AVEC PLUSIEURS MOIS D'AVANCE SUR NOS PROJECTIONS.
TU AS FAIT DU BON TRAVAIL.
JE VAIS DONC RESPECTER TON VŒU.
TU RESTERAS SOUS MES ORDRES...
ET ME SERVIRAS JUSQU'AUX CONFINS DU MONDE.

JE VAIS TE CONFIER UNE ARMURE ET UNE ÉPÉE.
TU RECEVRAS BIENTÔT TON AFFECTATION, ALORS REPOSE-TOI, PRÉPARE-TOI ET ENTRAÎNE-TOI.
TU TRAVERSERAS LA RIVIÈRE AVEC NOUS.

DONC, ELLE RESTE...
ELLE RESTE.
QUE COMPTEZ-VOUS FAIRE, AU SUJET DE SON AFFECTATION ?
NOUS AVONS PERDU NOTRE PARI AVEC SA MAJESTÉ.
...
TUER...
SI ON LA TUAIT, ÇA RÈGLERAIT LE PROBLÈME, NON ?
CLANG
C'EST UN PEU RADICAL, COMME SOLUTION !
C'EST COMPRIS ! JE LA PRENDS DANS MA SECTION !

MOI, POLLYANNA WINTER.
À COMPTER DE CE JOUR, SUIS ASSIGNÉE À LA COMPAGNIE D'INTENDANCE.
TAC
OUI OUI, BIENVENUE.
J'APPRÉCIE QUE VOUS M'AYEZ PRISE SOUS VOS ORDRES.
CE N'EST PAS COMME SI J'AVAIS EU LE CHOIX.
SA MAJESTÉ NOUS A ENJOINT, LE SEIGNEUR AINO OU MOI, DE T'ENGAGER.
ET C'EST MOI QUI AI ACCEPTÉ.
LE SEIGNEUR AINO...
LE CAPITAINE DE LA GARDE ROYALE...
JE VOIS.
PAS ÉTONNANT QU'IL AIT REFUSÉ. IL N'ESSAYE MÊME PAS DE CACHER SON DÉDAIN À MON ÉGARD.

LE PRINCIPAL RÔLE DE LA COMPAGNIE D'INTENDANCE EST LE RAVITAILLEMENT.
CE SONT DES SOLDATS EN GARNISON, PAS CEUX QUI SONT AU FRONT.
CETTE ÉPÉE ME SERA INUTILE POUR LE MOMENT.
C'EST UN RÔLE IMPORTANT, MAIS...
JE N'AURAI PAS L'OCCASION DE PROUVER MA VALEUR AU COMBAT...
NE SOIS PAS SI DÉÇUE.
HMM

CETTE FEMME-CHEVALIER...
IL PARAÎT QU'ELLE A REJOINT LA COMPAGNIE D'INTENDANCE ?
TSS... C'EST BIEN MA VEINE DE TOMBER SUR CE GARS-LÀ...
JE SAIS PAS ! ET ALORS ?
FWIP
J'AI DE LA PEINE POUR TOI.
TU AURAIS DÛ ÊTRE ADOUBÉ CETTE ANNÉE.
MAIS CETTE FEMME T'A PIQUÉ TA PLACE.
SEUL UN NOMBRE RESTREINT DE SOLDATS SONT ADOUBÉS CHAQUE ANNÉE.
TU VAS DEVOIR ATTENDRE UNE ANNÉE DE PLUS.
MAIS BON, ÊTRE CHEVALIER DANS L'INTENDANCE, ÇA NE CHANGE PAS GRAND-CHOSE.
DANS UN SENS, CETTE FEMME EST TOMBÉE PILE AU BON ENDROIT !
HA HA
HA HA

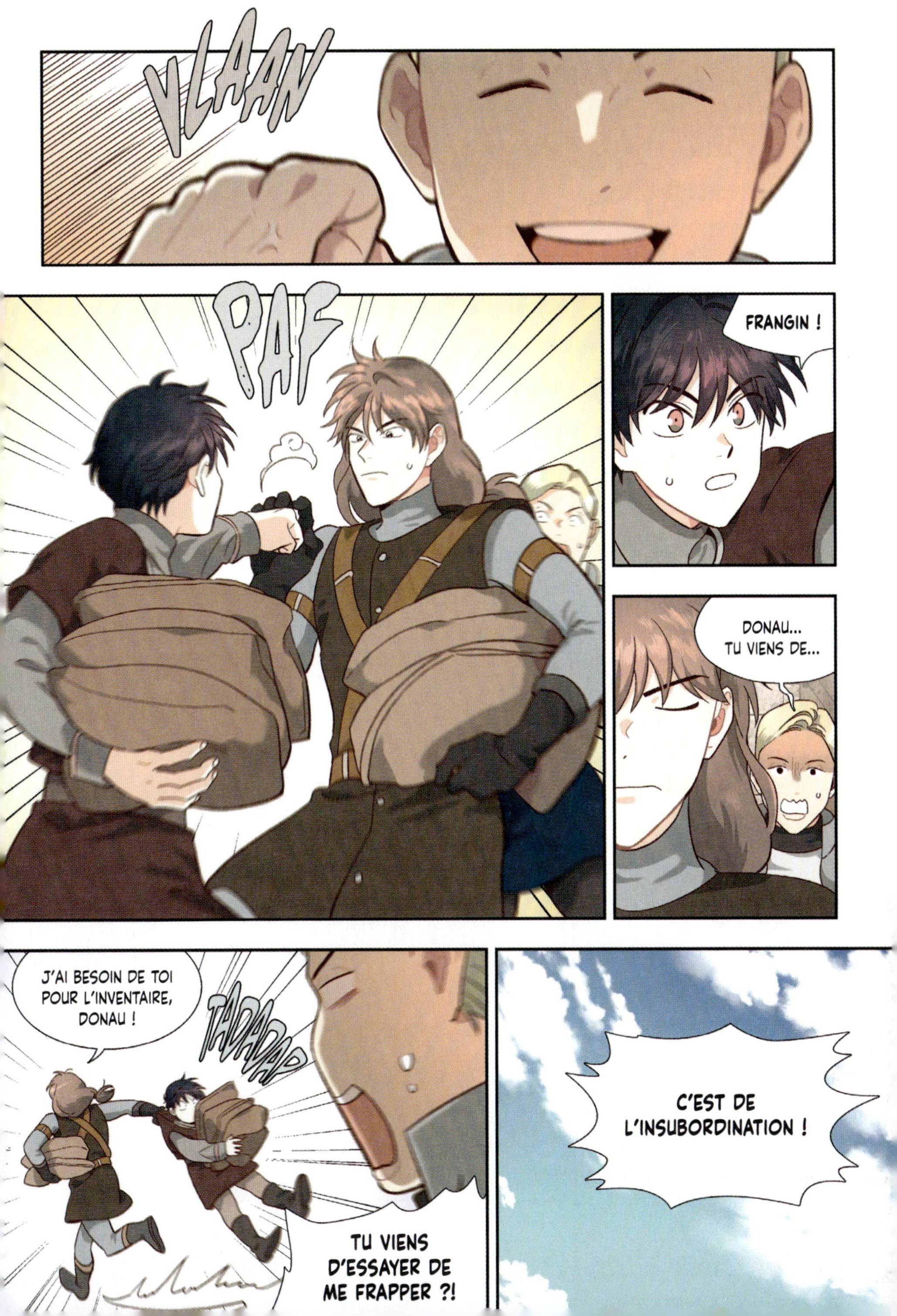
VLAAN
PAF
FRANGIN !
DONAU...
TU VIENS DE...
J'AI BESOIN DE TOI POUR L'INVENTAIRE, DONAU !
TADADAP
TU VIENS D'ESSAYER DE ME FRAPPER ?!
C'EST DE L'INSUBORDINATION !

TU VEUX FRAPPER TON SUPÉRIEUR ?
TU SAIS QUE ÇA T'APPORTERA JUSTE À UNE SÉVÈRE PUNITION.
LA FERME !
CET IDIOT A RAISON.
SANS ELLE, J'AURAIS ÉTÉ ADOUBÉ.
JE DIS ÇA POUR TON BIEN...
NE VA PAS LA CHERCHER JUSTE PAR FRUSTRATION. TU N'AS PAS ENVIE D'ÊTRE FORCÉ À T'AGENOUILLER À NOUVEAU, NON ?
HEIN ?

QUI DIT... QUE JE ME SUIS AGENOUILLÉ ?
TRÈS BIEN.
MAIS FAIS ATTENTION.
JE VAIS PRENDRE L'AIR.
TERMINE L'INVENTAIRE.
CRIIII
À PARTIR DE DEMAIN, JE VAIS DEVOIR ENSEIGNER ÇA AU SEIGNEUR POLLYANNA.
BAM
JE DOIS ATTENDRE UN AN DE PLUS POUR ÊTRE ADOUBÉ, ON SE MOQUE DE MOI À CAUSE D'ELLE...
ET ON L'ACCUEILLE À BRAS OUVERTS ?

ÇA NE SE PASSERA PAS COMME ÇA, PAS QUES-TION !
GRRR
JE VAIS T'EN FAIRE BAVER AUTANT QUE J'EN BAVE !
J'AI LES OREILLES QUI SIFFLENT...

SEIGNEUR HOWE, JE M'EN REMETS À VOUS AUJOURD'HUI.
VOUS APPRENEZ TRÈS VITE. PLUS QUE QUELQUES JOURS, ET NOUS AURONS TERMINÉ.
FLAP
VOUS ÊTES TROP AIMABLE.
DONAU ! APPORTE-NOUS DE L'EAU !
JE NE SUIS PAS TON ÉCUYER !
TU VEUX Y ALLER AVANT OU APRÈS TA ROUSTE ?
ARGH...
GRRR

BAM
IL A APPORTÉ UN VERRE POUR MOI ? JE NE PENSAIS PAS QU'IL LE FERAIT.
GLOU
HEIN ?

BAAAM
TOI...
TU AS CRACHÉ DANS MON VERRE.
...
INUTILE DE ME MENACER.
TU N'AS AUCUNE PREUVE.
SI TU TIENS TANT À CE QUE J'AVALE TA SALIVE, TRÈS BIEN.
JE M'EN VAIS INFORMER LE SEI-GNEUR BAUFALO QUE SON FILS A D'ÉTRANGES FÉTICHISMES.
ÇA VA PAS, NON ?!

LA BOUE, LA POUSSIÈRE, LES INSECTES, J'EN AI ASSEZ BOUFFÉ POUR SAVOIR LES RECONNAÎTRE.
JE PENSAIS TE LAISSER TRANQUILLE, PUISQUE TU M'AS SUPPLIÉE À GENOUX... MAIS SI TU CONTINUES CE JEU, JE TE CORRIGERAI PERSONNELLEMENT.
HA HA ! ME CORRIGER ?
TOI ?!
UNE FEMME QUI CORRIGE UN HOMME ? ME FAIS PAS RIRE !
PFF
DÉGAGE DE MON CHEMIN, J'AI DES CORVÉES À FAIRE.
TAP
TAP

DONAU LEBOUGH.
LE DEUXIÈME FILS ET ÉCUYER PERSONNEL DE MON SUPÉRIEUR, LE SEIGNEUR BAUFALO...
FRÈRE DU SEIGNEUR HOWE, MON TUTEUR, QUI M'ENSEIGNE LES US ET COUTUMES DE L'ARMÉE ACRÉENNE.
DANS N'IMPORTE QUELLE AUTRE RELATION CHEVALIER-ÉCUYER, DONAU AURAIT DÉJÀ ÉTÉ SÉVÈREMENT PUNI...
PA
AF
HUFF
HUFF
PAF
PAF
PATIENCE.

OUBLIE ÇA, POUR UNE FOIS !
CRAC
QUI VA LÀ ?!
HMM ?
SEIGNEUR AINO ?

...??
ÇA VEUT DIRE QUE...
AH !
FWIP
POLLYANNA WINTER, À VOTRE SERVICE, VOTRE MAJESTÉ.
SEIGNEUR POLLYANNA, VOUS AVEZ L'AIR OCCUPÉ. NE VOUS INTERROMPEZ PAS POUR MOI.
CLONC
CLONC

CLONC
CLONC
UN SANGLIER ?
VOUS CHASSIEZ DE NUIT, VOTRE MAJESTÉ ?
MAIS... JE CROYAIS AVOIR ENTENDU LE SEIGNEUR BAUFALO DIRE QUE LA CHASSE ÉTAIT INTERDITE...
AH ?
IL SE TROUVE QUE J'EN AI EU DEUX.
PARDON ?
JE T'EN LAISSE UN. MANGE-LE AVEC TES HOMMES.
PARTAGE-LE AVEC LE SEIGNEUR BAUFALO.

C'EST DONC...
DE LA CORRUPTION ?
WOUAHHH
SA MAJESTÉ EST PARTIE CHASSER SANS MOI ?
SNIF
PLUS PRÉOCCUPÉ PAR LE FAIT DE NE PAS AVOIR PARTICIPÉ, HEIN ?
AU BARBECUE !
UN RAGOÛT ! UN RAGOÛT DE SANGLIER !
DU BOUDIN !
OUAAAAIS !
WOUHOU !
DU LARD FUMÉ !
DU SAN-GLIER RÔTI !

POURQUOI ON LE FERAIT PAS SÉCHER POUR LE MONTRER AUX AUTRES COMPAGNIES ?
EH !
SÉCHER ?
HMM ?
CE N'EST PAS UNE MAUVAISE IDÉE, QU'EN PENSEZ-VOUS ?
JE SUIS POUR.
BIEN...
TA
RETIREZ LA PEAU DU SANGLIER ET FAÎTES-LA SÉCHER ! RÉCUPÉREZ LES OS ET LES DENTS ! NE GARDEZ PAS LE SANG, C'EST PLEIN DE PARASITES !
VIDEZ-LUI LES ENTRAILLES ET JETEZ-LES AUSSI. NE LES FAITES PAS BOUILLIR, VOUS IGNOREZ CE QU'ELLES CONTIENNENT.
WAAAAH !
TADAA
CUISINEZ ÇA, ET PRÉPAREZ LE BARBECUE AVEC LE CAPITAINE, SEIGNEUR POLLYANNA.

CRAC
CRAC
LES HOMMES ONT GARDÉ ÇA POUR VOUS.
AH !
CHHH
CHHH
ÇA SENT SI BON...
MIAM
TAC
AH !
AH !
POF

...
OH NON ! TON PRÉCIEUX MORCEAU DE VIANDE EST TOMBÉ PAR TERRE.
HÉ HÉ
RAMASSE-LE.
LES CHEVALIERS MANGENT LA VIANDE TOMBÉE PAR TERRE, NON ?
COMME JE L'AI DIT HIER...
SI TU CONTINUES, JE TE CORRIGERAI MOI-MÊME.

TAP
CRRR
ESSAYE.

L'armure et la couronne

OOOOH
GZZT
DZZT
DONAU N'A JAMAIS VU LE SEIGNEUR POL SORTIR DE SES GONDS, NON ?
SANS DOUTE PAS.
GRRR
S'IL SAVAIT...
AH...
FWIP
QUOI ?
C'EST TOUT ?
!
PFF.
TU PARLES D'UNE CORRECTION.
SEIGNEUR BAUFALO.

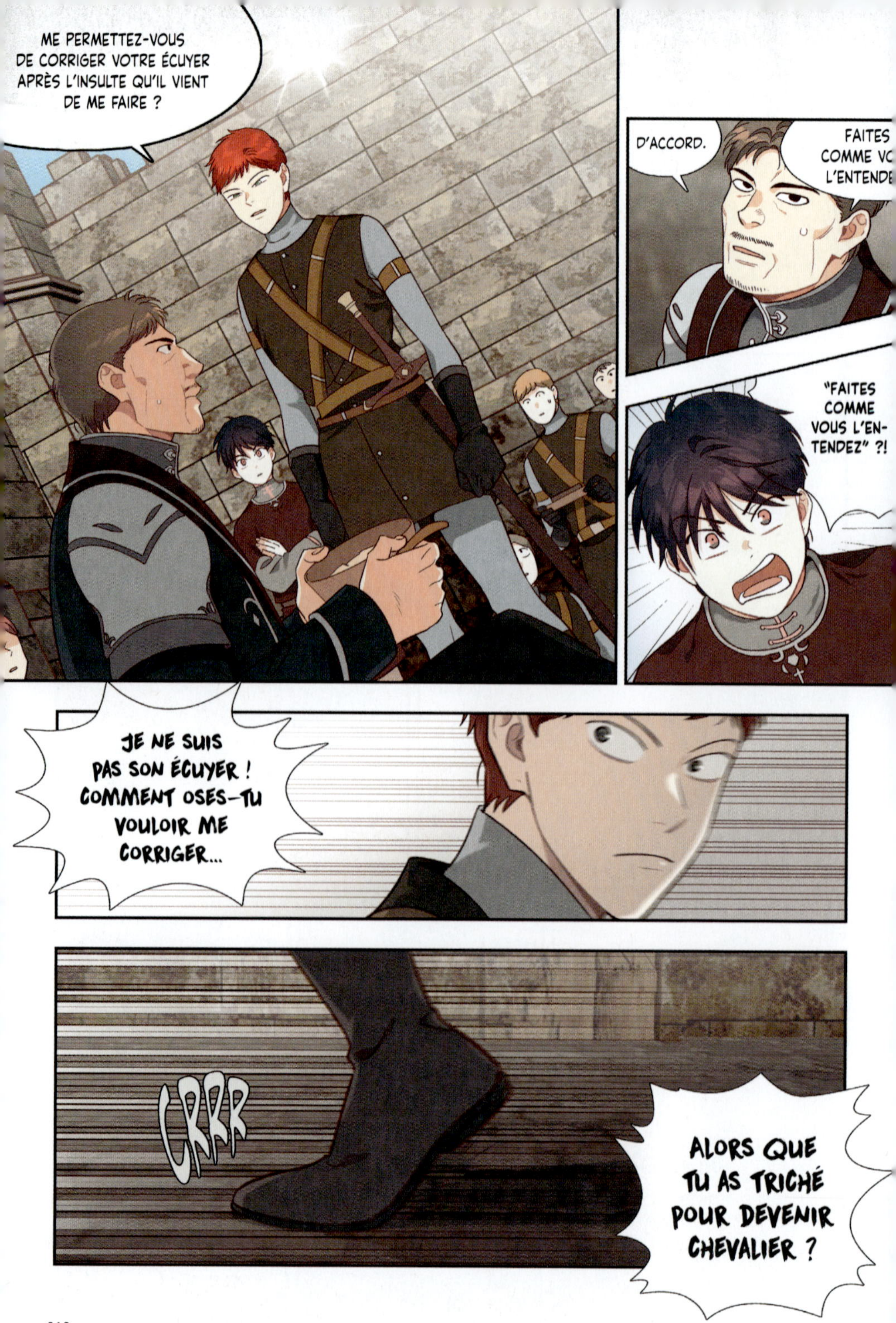
ME PERMETTEZ-VOUS DE CORRIGER VOTRE ÉCUYER APRÈS L'INSULTE QU'IL VIENT DE ME FAIRE ?
D'ACCORD.
FAITES COMME VO L'ENTENDE
"FAITES COMME VOUS L'EN-TENDEZ" ?!
JE NE SUIS PAS SON ÉCUYER ! COMMENT OSES-TU VOULOIR ME CORRIGER...
CRRR
ALORS QUE TU AS TRICHÉ POUR DEVENIR CHEVALIER ?

PAAAM
OUTCH...
FLAP
COT COT COT !
CODEC !!
POM
FLAP
POM
FLAP

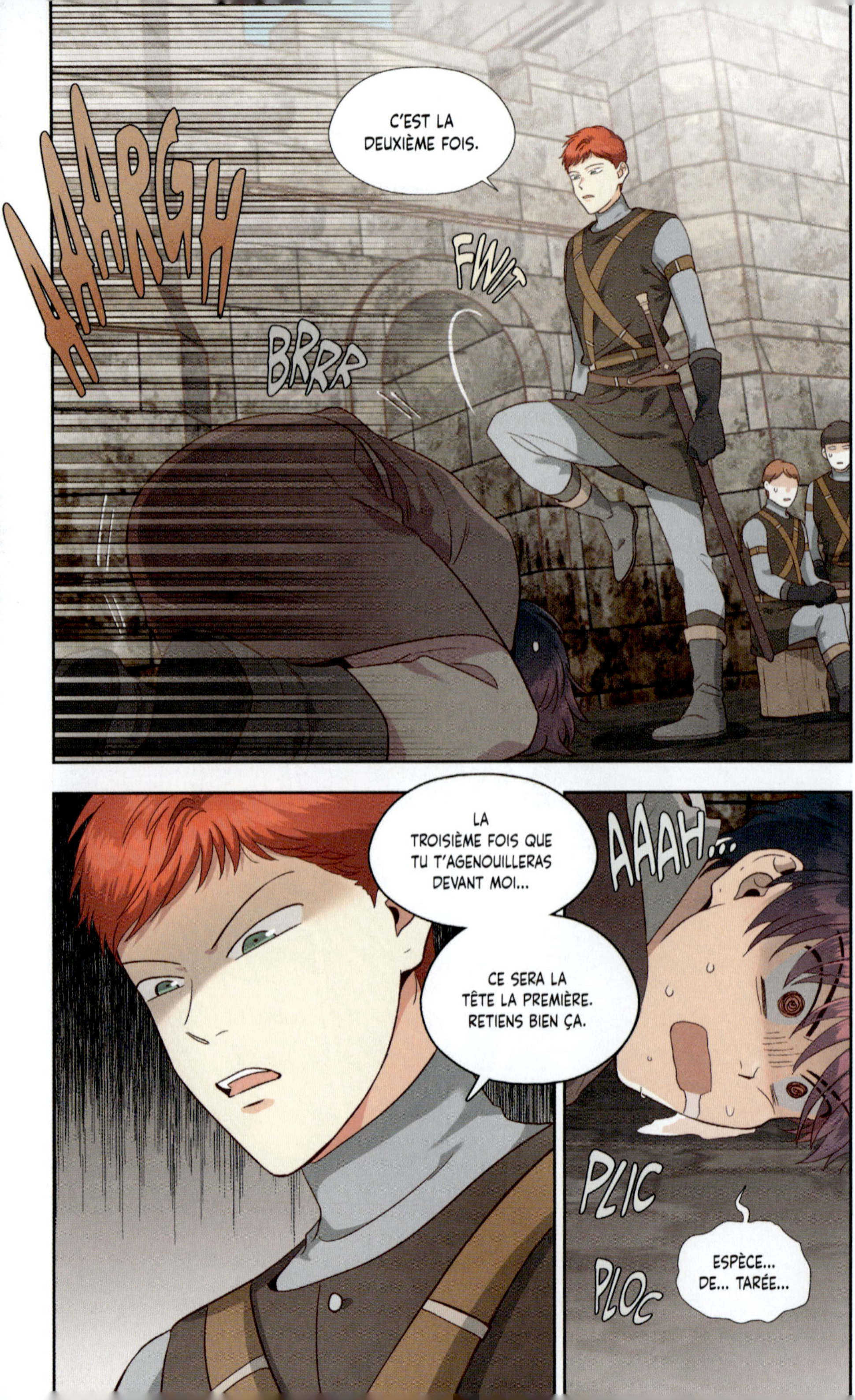
AAARGH
C'EST LA DEUXIÈME FOIS.
FWIT
BRRR
LA TROISIÈME FOIS QUE TU T'AGENOUILLERAS DEVANT MOI...
CE SERA LA TÊTE LA PREMIÈRE. RETIENS BIEN ÇA.
AAAH...
PLIC
PLOC
ESPÈCE... DE... TARÉE...

SEIGNEUR POL ! VOUS AVEZ PERDU LA TÊTE ?
TADADAP
AÏE... AÏE...
CE N'EST PAS AINSI QUE L'ON CORRIGE QUELQU'UN !
NE VOUS INQUIÉTEZ PAS, ELLES VONT BIEN.
J'AI BOTTÉ SUFFISAMMENT DE NOIX POUR LE SAVOIR.
QUE DITES-VOUS ?
AVEZ-VOUS SEULEMENT IDÉE...
DE L'IMPORTANCE DE CETTE ZONE POUR UN HOMME ?
BIEN MOINS QUE SA TÊTE, QU'IL RISQUE DE PERDRE S'IL CONTINUE COMME ÇA.
VOUS DEVRIEZ GENTIMENT APPRENDRE À VOTRE FILS À NE PAS MISER SA VIE SUR LE FAVORITISME, SEIGNEUR BAUFALO.
FWIT
WOUAF
WOUAF
OH, EN PARLANT DE ÇA...

IL FAIT COURIR LE BRUIT QUE J'AI TRICHÉ POUR ÊTRE ADOUBÉE À SA PLACE.
TIEN.
WOUAF !
EST-CE QU'ACRÉA RÉDUIT LE NOMBRE D'ADOUBEMENTS, EN TEMPS DE GUERRE ?
OU ÉTAIT-CE L'INITIATIVE D'UN PÈRE PRÉVENANT ?
...
HEIN ?
JE SUIS CONVAINCUE QUE VOUS L'ÉDUQUEREZ COMME IL SE DOIT.
MERCI, SEIGNEUR BAUFALO.

TAP
TAP
HIIIIIII
TAP TAP
TU PEUX TE LEVER ?
AHHH
JE... JE VAIS BIEN.
FAIRE LA LEÇON À UN SUPÉRIEUR...
C'EST DE L'INSUBORDINATION, SI VOUS VOULEZ MON AVIS.

QUE POUVONS-NOUS FAIRE ?
DONAU EST CLAIREMENT RESPONSABLE.
JE CRAIGNAIS POUR LA LIGNÉE DES LEBOUGH.
DONC, JE L'AI TENU À L'ÉCART DES ADOUBEMENTS, MAIS IL TIENT LE SEIGNEUR POL POUR RESPONSABLE.
...
AU FAIT, AVEZ-VOUS PU LUI DEMANDER ?
DEMANDER QUOI ?
POURQUOI ELLE A CHOISI DE REFUSER L'OFFRE GÉNÉREUSE QUI LUI A ÉTÉ FAITE ET DE RETOURNER DANS SA TERRE NATALE.
EH BIEN... NON.
JE L'AI INTERROGÉE SUR SA FAMILLE PAR POLITESSE.
MAIS IL SEMBLE QU'ELLE NE LEUR AIT MÊME PAS RENDU VISITE.
ELLE M'A REGARDÉ, SURPRISE, ET A RÉPONDU...
"J'AURAIS DÛ ALLER LES VOIR ?"

ELLE AVAIT...
SÛREMENT UNE BONNE RAISON...
DE REJOINDRE LE CAMP ADVERSE.
WOUAF
ELLE FAIT TOUT SON POSSIBLE POUR S'INTÉGRER À SA NOUVELLE ARMÉE.
WOUAF
LA PATTE.
TAP
BON CHIEN !

TSS
PFF
BON...
C'EST SANS DOUTE CE QUE JE PEUX ESPÉRER DE MIEUX.
BON CHIEN !
MALÉDICTION !
AÏE
AÏE
VOUS POUVEZ TOUJOURS ESSAYER DE VOUS EN DÉBARRASSER, MAIS C'EST PEINE PERDUE.
ELLE EST TENACE.
BON SANG !
TAP

SEIGNEUR BAUFALO.
VOUS AURAIS-JE FAIT ATTENDRE ?
MAJESTÉ, JE SUIS VENU POUR LE COMPTE-RENDU D'INVENTAIRE.
BIEN ENTENDU.
LES PROVISIONS PRISES À EHAS ONT ÉTÉ MISES DE CÔTÉ EN CAS D'URGENCE.
NOUS AVONS SUFFISAMMENT DE VIVRES, D'ARMES, D'ÉQUIPEMENT, D'OUTILS, ET DE RATIONS POUR LE BÉTAIL POUR TENIR L'ÉCHÉANCE QUE VOUS AVEZ ÉTABLIE.
J'AI ÉGALEMENT DÉPOSÉ UNE REQUÊTE AUPRÈS DU CONSEIL DES SAGES AFIN D'AUGMENTER NOS EFFECTIFS, SUITE À NOTRE RÉCENTE VICTOIRE.
JE VOIS.
ET QU'EN PENSEZ-VOUS, SEIGNEUR BAUFALO ?

EN AFFECTANT NOS RESSOURCES ET LE TEMPS QU'IL FAUT POUR L'ARMEMENT DE NOTRE FLOTTE, ET LA PRÉPARATION DE NOS HOMMES À UNE GUERRE NAVALE, NOUS SERONS EN MESURE DE TRAVERSER LA RIVIÈRE COEMON...

ET SERONS PRÊTS AU MOMENT IDÉAL POUR ENVAHIR BEBAROU.

L'Armure et la Couronne

L'armure et la couronne

BEBAROU EST UN ROYAUME DU NORD SITUÉ AU SUD D'EHAS ET CUKDA.
CUKDA
EHAS
BEBAROU
LA RIVIÈRE COEMON À SA FRONTIÈRE FAIT OFFICE DE FORTIFICATION NATURELLE CONTRE LES ATTAQUES.
DONC, POUR ALLER AU SUD DEPUIS EHAS POUR ATTAQUER BEBAROU...
BEBAROU
IL NOUS FAUT TRAVERSER LA RIVIÈRE COEMON.
SPLASH
CHÂTEAU DE BEBAROU
SPLASH
CRASH

SPLASH
QUAND JE DEVIENDRAI EMPEREUR...
MA PREMIÈRE DÉCISION SERA DE BÂTIR UN PONT AU-DESSUS DE LA RIVIÈRE COEMON.
WOUUSH
N'Y AVAIT-IL AUCUN ACCORD ENTRE BEBAROU ET EHAS ?
URGH
ILS AURAIENT AU MOINS PU LE CONSTRUIRE, CE PONT !
T'AS QUELQUE CHOSE À DIRE, L'EHASIENNE ?
FWIP
EN QUOI ÇA ME REGARDE ?
BEBAROU ÉVITAIT LES RELATIONS AVEC LES AUTRES PAYS DU NORD.
GRRR
L'IGNORE
ACRÉA ÉTAIT TROP ÉLOIGNÉ, EHAS ET CUKDA ÉTAIENT EN GUERRE... DE PLUS, ON N'APPELLE PAS ÇA UNE FORTIFICATION NATURELLE POUR RIEN.

CE QUI NOUS LAISSE, À NOUS LES ENVAHISSEURS, AVEC UN SACRÉ FARDEAU...
ET DONAU, IL RESTE DOUZE SACS À DÉPLACER...
BOM
BOM
BON SANG !
WOUUSH
SPLASH
TAP
BEBAROU DOIT ÊTRE EN TRAIN DE SE PRÉPARER, À PRÉSENT.
LE CONTRÔLE DE LEURS FRONTIÈRES NE DOIT PAS ÊTRE ASSURÉ, PUISQU'ILS COMPTAIENT SUR LA GUERRE ENTRE EHAS ET CUKDA.
NOTRE ARMÉE NE DEVRAIT PAS RENCONTRER DE DIFFICULTÉS, ELLE EST PRÉPARÉE À COMBATTRE DANS N'IMPORTE QUEL CONTEXTE.
J'AI CONFIANCE EN MES HOMMES...
MAIS L'ARMÉE ACRÉENNE N'A AUCUNE EXPÉRIENCE EN BATAILLE NAVALE.
SPLASH

LES BATAILLES NAVALES NE FONT PAS PARTIE DE L'ENTRAÎNEMENT ?
LES CIRCONSTANCES NE LE PERMETTENT PAS. L'OCÉAN EST TROP FROID, ET LE FLEUVE TOUJOURS GELÉ.
NOUS AVONS FAIT UNE RECONNAISSANCE SUR LA RIVIÈRE COEMON...
MAIS QUI AURAIT PU SAVOIR QUE LE COURANT SERAIT SI VIOLENT ?
CE SERA UNE BATAILLE DIFFICILE.

CUI
CUI
CUI
POURQUOI NE PAS PROFITER DE L'OCCASION POUR VISITER LES VILLAGES LOCAUX ?
VOUS VOULEZ DIRE... LES ESPIONNER ?
IL EST IMPORTANT D'ÊTRE EN BONS TERMES AVEC LES PEUPLES QUE NOUS CONQUÉRONS.
AUTANT OPTIMISER LE TEMPS, EN ATTENDANT QUE L'ENTRAÎNEMENT SOIT TERMINÉ.

LE CORPS D'ORDONNANCE RASSEMBLERA LES EFFECTIFS SUPPLÉMENTAIRES, ET ENVERRA DES TROUPES POUR PRENDRE PART AUX PROJETS LOCAUX.
ASSURE-TOI QUE PERSONNE NE SE TOURNE LES POUCES.
OUI, VOTRE MAJESTÉ.
DE PLUS...
NOUS TRAVERSERONS LA RIVIÈRE UNE SEMAINE APRÈS LA FIN DE L'ENTRAÎNEMENT DES GARDES.
UNE SEMAINE ?!
CELUI QUI FRAPPE LE PREMIER GAGNE À COUP SÛR...
NE LEUR LAISSONS PAS LE TEMPS DE SE PRÉPARER !
QUEL BEAU DICTON....
FRRSH
FRRSH

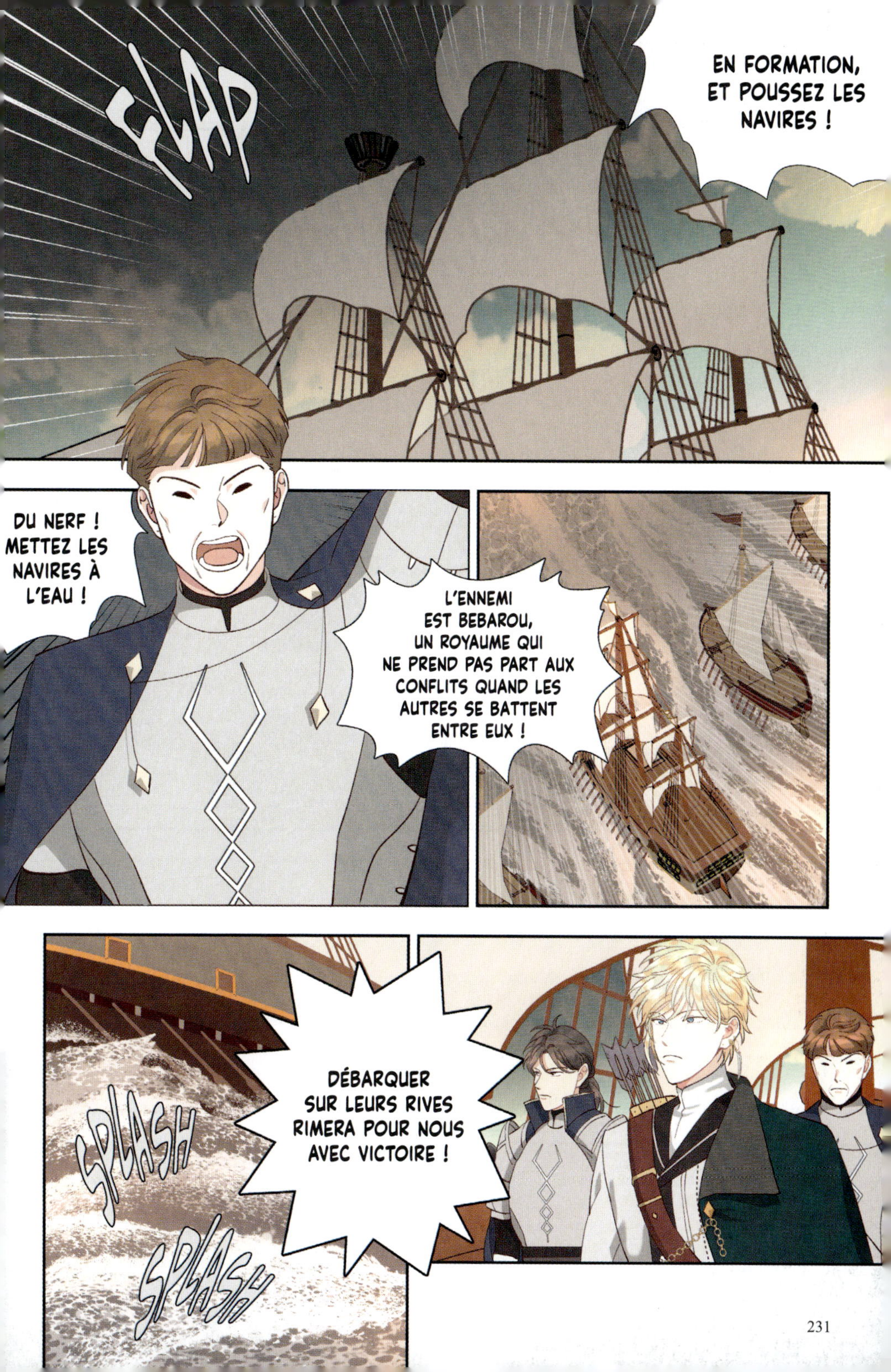
FLAP
EN FORMATION, ET POUSSEZ LES NAVIRES !
DU NERF ! METTEZ LES NAVIRES À L'EAU !
L'ENNEMI EST BEBAROU, UN ROYAUME QUI NE PREND PAS PART AUX CONFLITS QUAND LES AUTRES SE BATTENT ENTRE EUX !
DÉBARQUER SUR LEURS RIVES RIMERA POUR NOUS AVEC VICTOIRE !
SPLASH
SPLASH

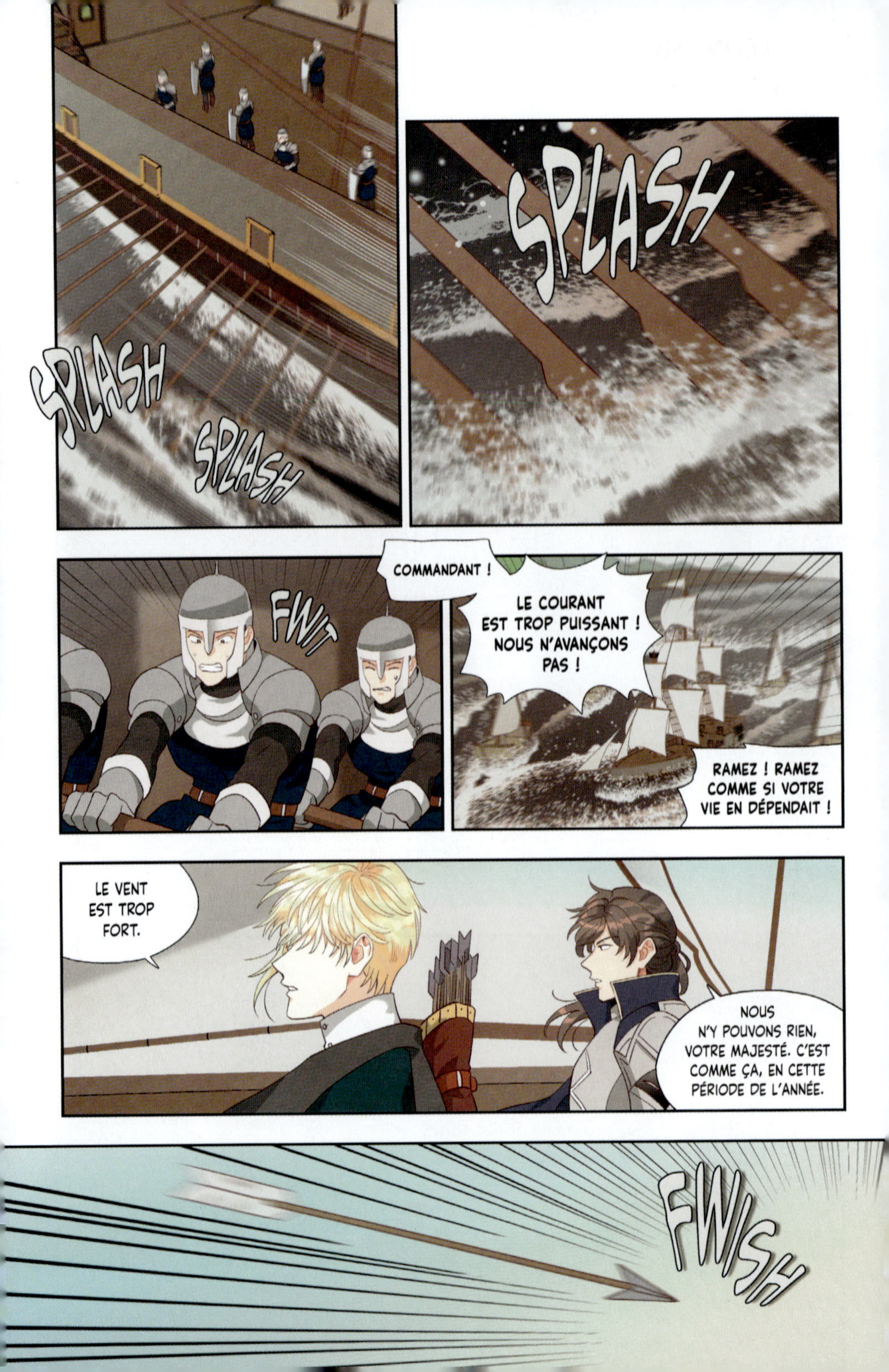
SPLASH
SPLASH
SPLASH
FWIT
COMMANDANT !
LE COURANT EST TROP PUISSANT ! NOUS N'AVANÇONS PAS !
RAMEZ ! RAMEZ COMME SI VOTRE VIE EN DÉPENDAIT !
LE VENT EST TROP FORT.
NOUS N'Y POUVONS RIEN, VOTRE MAJESTÉ. C'EST COMME ÇA, EN CETTE PÉRIODE DE L'ANNÉE.
FWISH

L'ENNEMI ATTAQUE !
FWOUUUUSH
SHTAC
SHTOC
VOTRE MAJESTÉ, RECULEZ !
TCHAC
LEVEZ VOS BOUCLIERS ! PRÉPAREZ-VOUS À LA BATAILLE !
TCHAC
SHTOC
NE POUVONS-NOUS PAS ALLER PLUS VITE ?!
LE COURANT EST TROP FORT ! C'EST IMPOSSIBLE, VOTRE MAJESTÉ !

TAC
SHTONG

HEIN ?
TCHAC
AAAH !
MMH...
C'EST LA BONNE DISTANCE...
IL L'A EU !
ET EN TIRANT FACE AU VENT, RIEN QUE ÇA !
ON EST TOUJOURS UN PEU TROP LOIN.
ACCOSTER MAINTENANT NE SERAIT PAS RAISONNABLE.

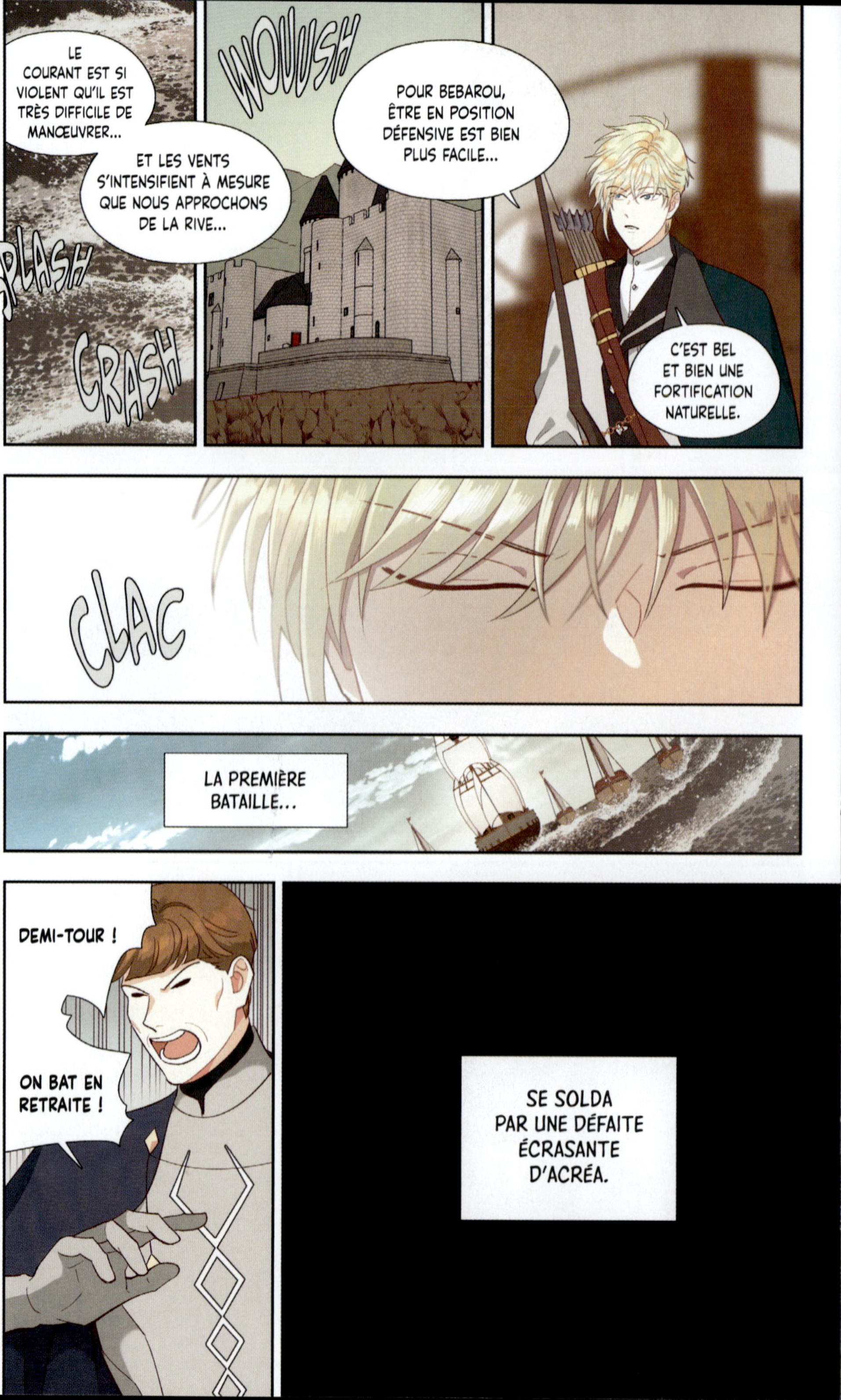
LE COURANT EST SI VIOLENT QU'IL EST TRÈS DIFFICILE DE MANŒUVRER...
ET LES VENTS S'INTENSIFIENT À MESURE QUE NOUS APPROCHONS DE LA RIVE...
SPLASH
CRASH
WOUUSH
POUR BEBAROU, ÊTRE EN POSITION DÉFENSIVE EST BIEN PLUS FACILE...
C'EST BEL ET BIEN UNE FORTIFICATION NATURELLE.
CLAC
LA PREMIÈRE BATAILLE...
DEMI-TOUR !
ON BAT EN RETRAITE !
SE SOLDA PAR UNE DÉFAITE ÉCRASANTE D'ACRÉA.

BRRR
BRRR
AGH... URGH...
LES BLESSÉS, PAR ICI !
BLA
BLA
BLA

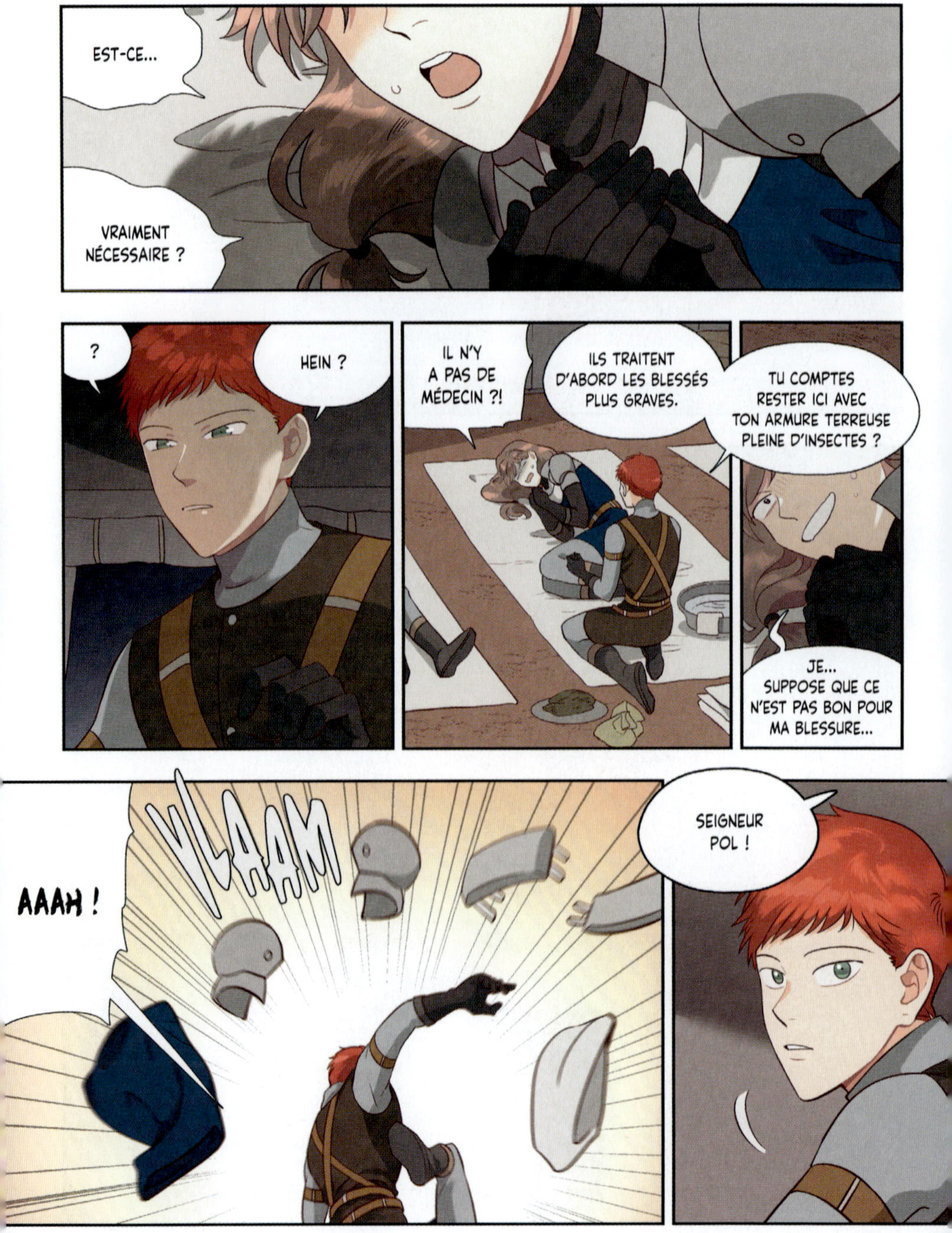
EST-CE...
VRAIMENT NÉCESSAIRE ?
?
HEIN ?
IL N'Y A PAS DE MÉDECIN ?!
ILS TRAITENT D'ABORD LES BLESSÉS PLUS GRAVES.
TU COMPTES RESTER ICI AVEC TON ARMURE TERREUSE PLEINE D'INSECTES ?
JE... SUPPOSE QUE CE N'EST PAS BON POUR MA BLESSURE...
VLAAM
AAAH !
SEIGNEUR POL !

PUIS-JE VOUS VOIR UNE SECONDE ?
OUI, MONSIEUR !
QU'Y A-T-IL, MONSIEUR ?
QU'EST-CE QUI VOUS AMÈNE JUSQU'ICI, VOTRE MAJESTÉ ?
JE SUIS VENU VOIR LES BLESSÉS.
NE FAITES PAS ATTENTION À MOI.
MAIS...
...

LE MORAL ÉTAIT BON APRÈS NOTRE TRIOMPHE CONTRE EHAS ET CUKDA...
JE M'INQUIÈTE QU'IL SE DÉGRADE.
JE COMPTE SUR VOUS POUR PRENDRE BIEN SOIN D'EUX.
OUI, VOTRE MAJESTÉ.
J'AURAIS DÛ MIEUX LES ENTRAÎNER...
JE NE SAIS QUE DIRE.
LES CONDITIONS ÉTAIENT MAUVAISES.
VOUS SAVEZ QUE CE N'EST PAS VOTRE FAUTE.

C'ÉTAIT SEULEMENT UNE ESCARMOUCHE.
CE QUI VA SUIVRE EST PLUS IMPORTANT.
SPLASH
SPLASH
FWISH
LE TEMPS PASSA...

ET L'ÉTÉ ARRIVA.
LES RIVIÈRES AU NORD ONT DÉGELÉ. LE COURANT EST BIEN PLUS PUISSANT ET PLEIN DE BOUE ET DE PIERRES ARRACHÉES. Y ALLER MAINTENANT SERAIT TROP DANGEREUX.
L'ÉTÉ N'EST PAS LE BON MOMENT, VOTRE MAJESTÉ.
VOS VICTOIRES CONTRE EHAS ET CUKDA SONT PLUS QUE SUFFISANTES.
SELON VOUS, JE DEVRAIS M'EN SATISFAIRE ET RENTRER CHEZ MOI ?
NUL NE CONTESTERA LA GRANDEUR DE CE QUE VOUS AVEZ DÉJÀ ACCOMPLI.
VOUS DITES QUE JE DEVRAIS ABANDONNER LE RÊVE DE MON PRÉDÉCESSEUR ?
VOTRE MAJESTÉ, JE N'OSERAIS PAS...
VOUS AVEZ ÉTÉ NOMMÉ COMMANDANT EN SECOND POUR VOTRE PRUDENCE, MAIS CELA NE VOUS DONNE PAS LE DROIT DE NOUS DIRE QUAND RENTRER. VOTRE DEVOIR EST DE NOUS MENER À LA VICTOIRE, VENTIER.
NE ME DÉCEVEZ PAS.

JE FERAI DE MON MIEUX POUR VOUS SATISFAIRE, VOTRE MAJESTÉ...
MMPF...
AAAARGH !!
QU'EST-CE QUE JE SUIS CENSÉ FAIRE ?!
BOM
BOM
AAAAAH !!
PLANQUEZ-VOUS !
RAAAHH !
BANG
CRASH
POF

CETTE CAISSE CONTIENT DES OUTILS. VEUILLEZ NE PAS LA DÉMOLIR.
FWIT
MERCI, SEIGNEUR LEVY.
POF
TU ES EHASIENNE...
NE SAIS-TU DONC RIEN ?
À QUEL PROPOS ?
UN MOYEN DE TRAVERSER LA RIVIÈRE, ET DE PARVENIR AU CHÂTEAU DE BEBAROU, PEUT-ÊTRE ?
N'Y A-T-IL JAMAIS EU DE BATAILLE ENTRE EHAS ET BEBAROU, PAR LE PASSÉ ?
FFT
FFT
À MA CONNAISSANCE...
JE N'AI RIEN QUI POURRAIT ÊTRE UTILE.
BORDEL !
À QUOI TU SERS ? ET EUX ? VOUS ÊTES TOUS INUTILES, JE VOUS DIS !
WIP

...
"N'Y A-T-IL DONC JAMAIS EU DE BATAILLE ENTRE EHAS ET BEBAROU ?"
"INUTILES !"
QUOI QU'IL EN COÛTE...
SI JE NE FAIS PAS TOUT CE QUI EST POSSIBLE...

CRAC
QU'EST-CE QUE JE SAIS SUR BEBAROU ?
EHAS A TOUJOURS ÉTÉ EN CONFLIT AVEC CUKDA, ALORS JE SAVAIS DES CHOSES SUR EUX.
MAIS IL N'Y AVAIT GUÈRE DE RELATIONS ENTRE EHAS ET BEBAROU.
ET LES MARCHANDS TRANSPORTAIENT LES MARCHANDISES PAR VOIE MARITIME, ET PAS PAR LA RIVIÈRE.
QUAND MÊME...
COMME MOI POUR CUKDA, LES PEUPLES DES ENVIRONS, EN CONTACT DEPUIS TOUJOURS AVEC BEBAROU, DEVRAIENT SAVOIR...
QU'EST-CE QUE TU MANGES ?
OH !
C'EST UN EN-CAS QUE J'AI REÇU COMME REMERCIEMENT LORSQUE J'AI ÉTÉ VOLONTAIRE POUR LE PROJET AU VILLAGE.
FWIP
C'EST TRÈS PRISÉ DANS LE COIN...

AH, VRAIMENT ?
SE MARIE-T-IL BIEN AVEC DE L'ALCOOL ?
DE... L'ALCOOL...
VOTRE MAJESTÉ ?
...
GLOUPS
EH BIEN, ÇA CONVIENDRAIT À DES GENS AUX GOÛTS EXCENTRIQUES !
JE VOIS. DANS CE CAS...

PRENDS UN VERRE AVEC MOI.
VIENS.

TADAM
SEIGNEUR BAUFALO, VOUS DEVEZ VOUS LANGUIR D'ALLER SUR LE FRONT.
POM
N'EST-IL PAS DIFFICILE D'ÊTRE DANS LE CORPS D'INTENDANCE ?
NON, VOTRE MAJESTÉ.
LE TRAVAIL ME CONVIENT, ET MES FILS ME REMPLACERONT SUR LE CHAMP DE BATAILLE POUR VOUS SERVIR.
POM
MES SINCÈRES EXCUSES À DAME LEBOUGH.
JE LUI AI PRIS TOUS LES HOMMES DE LA MAISON.
BIEN SÛR QUE NON, VOTRE MAJESTÉ.
COMMENT...

JE ME SUIS RETROUVÉE À TABLE AVEC CES GENS ?!
EURK
OH, NON !
LE VERRE DU SEIGNEUR POLLYANNA EST VIDE. LAISSE-MOI T'EN SERVIR UN AUTRE.
GLOUPS
HEIN ?!
VEINARDE...
M... MERCI, VOTRE MAJESTÉ.
MINEUR
C'EST MA PREMIÈRE INVITATION À UNE TELLE RÉUNION...
JE N'AURAIS JAMAIS PU IMAGINER CELA À EHAS.
J'ÉTAIS TROP OCCUPÉE À ME BATTRE POUR PRENDRE PART AUX MONDANITÉS.
ET PUIS DE TOUTE FAÇON, AUCUN DE MES SUPÉRIEURS N'AURAIT VOULU M'INVITER.

ET ME VOILÀ... SERVIE PAR LE ROI D'ACRÉA EN PERSONNE.
ALORS...
EST-CE QUE LE SEIGNEUR POLLYANNA S'ADAPTE BIEN ?
PFTT
OUI, VOTRE MAJESTÉ. ELLE APPREND VITE.
SANS VOIX
SON SEUL DÉFAUT...

C'EST QU'ELLE A TENDANCE À RÉSOUDRE LES PROBLÈMES PAR LA VIOLENCE.
JE COMPRENDS QU'ELLE VEUILLE S'AFFIRMER EN TANT QUE FEMME, ÉTRANGÈRE DE SURCROÎT.
MAIS ELLE DEVRA AJUSTER SON COMPORTEMENT SI ELLE VEUT ÊTRE PROMUE.
JE PENSE QUE LA LIBÉRER DE SES DEVOIRS DE CHEVALIER, ET LA PLACER À UN POSTE ADMINISTRATIF OU DE SECRÉTAIRE LUI CONVIENDRAIT.
URGH
ELLE EST DOUÉE POUR ÇA. DE PLUS, LE CHAMP DE BATAILLE N'EST-IL PAS TROP DANGEREUX POUR UNE FEMME ?
HUM...
C'EST VOTRE POINT DE VUE...
POF
EUH...
VOTRE MAJESTÉ, JE...
MAIS PAS CELUI DU SEIGNEUR POLLYANNA, N'EST-CE PAS ?
C'EST JUSTE COMME ÇA QUE JE VOIS LES CHOSES, OUI.

J'AI NOMMÉ POLLYANNA POUR ÊTRE MON CHEVALIER.
ELLE A REFUSÉ UN POSTE DE DIRIGEANTE À EHAS POUR ME SUIVRE.
JE NE PENSE PAS QUE LA MUTER À L'ADMINISTRATION OU AU SECRÉTARIAT LA FERAIT CHANGER D'AVIS.
VOILÀ COMMENT, MOI, JE VOIS LES CHOSES.
EN REVANCHE, SI TU SOUHAITES UN AUTRE POSTE, SEIGNEUR POL-LYANNA, JE POURRAIS Y RÉFLÉCHIR.
NON, VOTRE MAJESTÉ !
JE SUIS VOTRE HUMBLE CHEVALIER !
ET JE VIVRAI ET MOURRAI CHEVALIER !

JE VOUS PRIE, SEIGNEUR BAUFALO, DE ME PARDONNER POUR LES TRACAS QUE JE CAUSE.
C'EST BON.
C'ÉTAIT JUSTE UNE OPINION BASÉE SUR CE QUE J'AI VU, ET PAS UN PLAN POUR ME DÉBARRASSER DE VOUS.
JE SAIS, MONSIEUR.
UN SUPÉRIEUR QUI VEUT SE SÉPARER D'UN SUBORDONNÉ NE SE FEND PAS D'UNE ANALYSE AUSSI PERTINENTE.
...

JE COMPRENDS CE QUE LE SEIGNEUR BAUFALO VEUT DIRE.
LA LOYAUTÉ NÉE DE LA VIOLENCE ET DE LA SOUMISSION NE DURE PAS.
GAGNER LE CŒUR DE SES SUBORDONNÉS N'EST PAS CHOSE FACILE.
ON DIRAIT QUE TU T'EN SORS BIEN SANS MON AIDE.
JE T'AI LAISSÉE TE DÉBROUILLER EN ME DISANT QUE TU AURAIS DU MAL À T'ADAPTER SI JE VEILLAIS TROP SUR TOI.
J'ESPÈRE QUE TU NE M'AS PAS TROUVÉ DISTANT.
JE VOUS SUIS SIMPLEMENT RECONNAISSANTE, VOTRE MAJESTÉ.
CE N'EST PAS LE POINT DE VUE DU SEIGNEUR POLLYANNA, N'EST-CE PAS ?
SES PROPOS MONTRENT CLAIREMENT...

QUEL BON SOUVERAIN IL EST !
LE ROI ME FAIT CONFIANCE EN TANT QUE CHEVALIER !
HMM...
GRRR
SEULEMENT...
J'ESPÉRAIS TE VOIR À L'ACTION. MAIS CE JOUR N'ARRIVERA PEUT-ÊTRE PAS...
VOTRE MAJESTÉ ?
CET AUTOMNE, NOUS LANCERONS UNE ATTAQUE. LE SEIGNEUR VENTIER LA DIRIGERA.
ET SI NOUS ÉCHOUONS ENCORE, NOUS RENTRERONS À ACRÉA.

POURQUOI CES REGARDS ?
JE NE DIS PAS QUE J'ABANDONNE.
NOUS RETOURNERONS À ACRÉA POUR MIEUX NOUS ÉQUIPER, CONSTRUIRE DE NOUVEAUX NAVIRES, ET ATTAQUER ENSUITE PAR LA MER.
CELA PRENDRA PLUS DE TEMPS QUE PRÉVU...
MAIS NOUS AURONS NOTRE CHANCE, SI NOUS N'ABANDONNONS PAS.

CETTE CHANCE DONT VOUS PARLEZ...
AUTORISERIEZ-VOUS VOTRE HUMBLE SERVITEUR À LA SAISIR ?

SPLASH
CRASH
T'ES SÛRE DE TOI ?
QUELQU'UN A DÉJÀ TRAVERSÉ LA RIVIÈRE COEMON ?
COMMENT ONT-ILS FAIT, AVEC UN TEL COURANT ?
UNE LÉGENDE LOCALE RACONTE QUE QUELQU'UN A TRAVERSÉ LA RIVIÈRE SUR UNE CRÉATURE FANTASTIQUE.
ÇA SIGNIFIE AU MOINS QU'IL Y AVAIT MATIÈRE À CRÉER CETTE HISTOIRE.
POUR EN SAVOIR PLUS, NOUS ALLONS DEMANDER AUX HABITANTS DES ENVIRONS.
ALLONS-Y.

CE N'EST PAS TOI QUI AS SUPPLIÉ POUR AVOIR CE POSTE, EN VUE DE DEVENIR CHEVALIER ?
MOI AUSSI, JE VEUX MA CHANCE ! LAISSEZ-MOI DEVENIR CHEVALIER !!
SA MAJESTÉ A DONNÉ SA PAROLE QU'IL FERAIT DE TOI UN CHEVALIER SI TU M'ASSISTAIS CORRECTEMENT. ALORS NE GÂCHE PAS CETTE OCCASION.
JE SERAI BON !
ALORS FERME-LA ET SUIS-MOI.
HMPF.

L'OCCASION S'EST PRÉSENTÉE...
QUAND LE ROI M'A DONNÉ UNE ÉPÉE.
ALORS... QUOI QU'IL EN COÛTE...
J'AI NOMMÉ POLLYANNA POUR ÊTRE MON CHEVALIER.
IL NE REGRETTERA PAS LA CONFIANCE QU'IL M'A ACCORDÉE !

Dans le prochain tome
POLLYANNA ET DONAU PARTENT À LA RECHERCHE D'UN MOYEN DE TRAVERSER LA RIVIÈRE COEMON.
CLOP
CLOP
JAMAIS ENTENDU PARLER.
J'AI ENTENDU DIRE QUE ÇA VENAIT D'UN VILLAGE AU SUD.
KELPIE ? ÇA DOIT VENIR DU VILLAGE DE CE CÔTÉ...
APRÈS DE LONGUES RECHERCHES, POLLYANNA TROUVE UNE FAÇON DE CAPTURER LE CHÂTEAU DE BEBAROU...
"UN AUTOMNE INHABITUEL". LES COURANTS FAIBLIRONT APRÈS L'ÉTÉ.
!!!

AUJOURD'HUI EST UNE OCCASION UNIQUE.
ET DÉTECTE UN MOUVEMENT INHABITUEL PARMI LES TROUPES DE L'ARMÉE D'ACRÉA !
L'OPÉRATION DE CAPTURE PEUT COMMENCER !!
JE T'AI EUE !
À bientôt dans le tome 2 !

Dites-moi, Princesse !

Dessin : SPOON Œuvre originale : PLUTUS

Au secours, je dois échapper à mon père !

Athanasia est fan d'un roman dont l'héroïne porte le même prénom qu'elle. Un jour, elle se réveille dans le corps d'un bébé… qui n'est autre que la princesse Athanasia ! Renaître dans la royauté, pourquoi pas ? Mais elle connaît cette histoire et elle est destinée à mourir à 18 ans de la main de son propre père ! Afin d'échapper à son bourreau, elle grandit sans se faire remarquer et planifie sa fugue du palais impérial. Mais lors d'une escapade, elle tombe par accident sur son père qu'elle n'avait jamais rencontré ! Froid, imperturbable et cruel, Claude ne la voit que comme un parasite. Pour survivre, Athanasia tente le tout pour le tout : amadouer le terrible empereur en étant la plus adorable des filles !

Tantôt drôle tantôt dramatique, cette série fera fondre votre cœur !

SÉRIE EN COURS

KBOOKS

SAIS-TU AU MOINS QUI JE SUIS ?
SCLANG
AH...
C'EST LA FIN.

© INA, Yuna 2017 / D&C WEBTOON Biz

BLING
HILLIS... COMMENT...?
ELLE MAÎTRISE LE POUVOIR DE FLORAISON !

Dessin *Œuvre originale par*

Aloha - Jooahri

A Tender Heart

Comment je suis devenue la servante du Duc

Une lectrice passionnée transportée dans son roman préféré

Du jour au lendemain, elle devient l'un des personnages de son livre favori et n'a désormais qu'un souhait : voler au secours de Liandro, un jeune duc frappé par une malédiction et rejeté par sa famille. Sous les traits d'Evelina, sa servante attitrée, elle va faire tout son possible pour transformer sa vie. Mais l'histoire originale risque d'en être bouleversée…

Magie, romance et rebondissements sont au rendez-vous pour cette nouvelle série de la collection Kbooks !

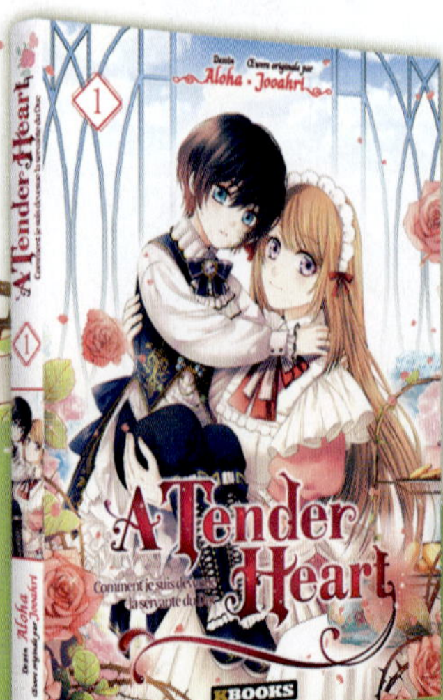

SÉRIE EN COURS

KBOOKS

L'Armure et la Couronne

Emperor and the female Knight

Directeur de collection : Pascal LAFINE
Coordinatrice : Lina LIANG
Supervision éditoriale : Marine LAFONTAINE
Relecture-correction : Victoria JUILLARD
Traduction : Studio Charon
Maquette & lettrage : Studio Charon
Conception graphique : Yohan JULIEN

Ce volume contient les épisodes 01 à 18.
Dépôt légal : juillet 2024
ISBN : 978-2-38288-016-6

Imprimé et relié en juin 2024
par Aubin Imprimeur, à Ligugé, en France

KBOOKS

Groupe Delcourt - KBOOKS -
8 rue Léon Jouhaux 75010 Paris

www.editions-delcourt.fr